하나의 달이 천 개의 강을 비추듯

하나의 달이
천 개의 강을
비추듯,

아무도 가지 않은 내일

카메라를 어깨에 메고 집을 나선다.

새벽을 열고 나온 사람들과 떠나는 삶의 기행은 설렘이다.

차 안에서, 역사 현장에서 보고 듣는 삶 이야기는 지나온 세월만큼 들었을 내용이다.

그러나 늘 새롭다. 아무도 가지 않은 내일처럼.

새날을 맞이하고

새사람을 만나고

새로운 곳에서 나를 만난다.

그리고 한 편의 글이 태어난다.

2018년 출간한 첫 번째 수필집 이후 태어난 글이 53편이다.

하나의 달이 천 개의 강을 비추듯,

한 편의 글은 천 번의 흔들림을 잡아주는 마음의 뿌리이다.

뿌리 깊은 나무처럼.

과거와 미래를 잇는 현재.

선인들이 살았던 시대에도 과거와 미래를 잇는 현재가 있었고

후손들이 살아갈 미래에도 과거와 미래를 잇는 현재가 있을 것
이다.

역사는 현재를 살아가는 사람들이 만든다.

과거에도 그랬고 미래에도 그럴 것이다.

현재를 살아가며 역사를 만든다는 것은 축복이다.

축복의 역사는 기록이다.

한글을 생각한다. 원고 청탁으로만 쓴 글 모음이지만 세종대왕께

새로 나온 책 한 권 올려야겠다.

아무도 가지 않은 내일을 맞이하면서.

2024년 새해 아침

최춘

목차

하나의 달이 천 개의 강을 비추듯

제3장 / 수필 사랑 해바라기

목차

하나의 달이 천 개의 강을 비추듯

제6장 / 소크라테스가 반대한 종이책

"빼어난 시인은 나쁜 시도 읽는다"

제1장

하나의 달이
천 개의 강을 비추듯

...

하나의 달이
천 개의 강을 비추듯

저녁 식사 초대받고 설레는 마음 순간이다. 맨 아래층 천장에서 물이 샌단다. 이웃 사람을 통하여 만난 설비업자는 내가 초대받은 날 일을 시작한단다. 약속 취소할까. 잠시 마음을 다독이며 취소를 미뤘다.

이른 아침 누수 탐지기사와 설비기사가 왔다. 층을 오르내리며 물 새는 곳을 찾는다. 내 집에서는 처음 공사하는 사람들인데 낯설지 않다. 무슨 이야기가 그리 많고 재미있는지, 크게 소리 내어 시원하게 웃는다.

"허허허 그려, 그렇다니까. 세상 사는 게 다 그런 거지 뭐, 허허허."

"그렇쥬?"

추임새를 넣듯 내게 물었지만, 꼭 대답을 원하는 것 같지는 않다.

그렇다고 일손을 멈추고 이야기하는 것도 아니다. 탐지기사가 기계를 곳곳에 대고 찾는 것도, 설비기사가 따라다니면서 잘 찾으라고 하는 것도, 언뜻언뜻 내 고향 옛 소년들이 주거니 받거니 하는 놀이 같다.

탐지기사가 보일러관 이음새에서 물 새는 곳을 찾았나 보다.

"이것 봐, 여기서 이렇게 요만큼씩 새고 있었던 거야. 소리 들어 보세유."

설비기사도 말한다.

"것 보셔유, 걱정하지 말라고 했잖아유. 우리가 하는 일이 이건데─"

우리가 하는 일. '우리'라는 말에 누수로 꽁꽁 언 마음이 사르르 녹는다.

그렇다. 우리 하나하나가 하는 일로 빌딩을 세우고 우주선을 만들었다. 태평양, 인도양 건너는 배, 비행기 만들고 하늘길 열어 세계를 하나로 이어왔다. 음식을 먹고, 살아있는 것만으로도 하나, 하나에 힘을 주고, 힘을 받으며 살아왔고 살아간다. 우리는.

점심 식탁은 신문 한 장이면 된단다. 자신들은 작업복에 온갖 먼지 묻었으니 신문 의자가 가장 편하고, 커피도 종이컵으로 마시는 게 제일 맛있다며, 일하던 바닥에 양반다리를 하고 앉는다. 순간, 서서 내려다본 풍경.

아버지. 아버지라는 단어의 무게는 얼마일까. 무한한 시간과 온갖 사물을 포괄한 공간인 우주만큼일까. 무엇과도 비교할 수 없는 아버지라는 이름의 무게. 가장 낮은 자리에서 가장 높게 빛이 난다.

"연말 잘 보내고 새해 복 많이 받으셔유."

배웅하고 배웅받으며 나눈 덕담, 훈훈하다. 새해 맞이하는 우리는.

약속 취소하지 않은 일 참 잘했다고 생각하며 현관문을 열었다. 삼 층에서 내려다보이는 대문 밖. 저 길을 통과해야 하는데 어떻게 하나.

앞집 감나무가 단풍 들 무렵 바뀐 주인이 감나무를 자르고 건물을 헐었다. 자재를 실어 나르고 집 짓는 사람들은 길 위에서 식사했다. 마주치지 않으려고 조심했는데 오늘 점심은 늦었나 보다. 소장과 부장, 그 아래에 딸린 사람들이 맨바닥에 둘러앉아 자장면과 짬뽕, 볶음밥 그릇 하나씩 들고 식사 중이다. 부장이 인사한다.

"식사하세요."

정겹고 민망하다. 큰 추위 없고, 큰 눈 내리는 일 없이 볕이 난다 해도 길바닥은 얼음장 같을 텐데…. 하긴 흰 눈 펄펄 날리는 날에도 맨바닥에 모여 앉아 커피까지 마시는 거 봤는데 뭐. 우리 집 대문 밖 길 위에서 식사할 때 지나가야만 하는 짧은 순간, 축지법이라도 쓸 수 있으면 좋겠다.

새벽을 열고 오는 사람들. 소장과 부장 외에는 늘 새로운 사람들이다. 집 한 채를 지으려면 스물다섯 업체가 있어야 한단다. 아슬아

슬하게 곡예를 하듯 오르내리는 사람들. 진눈깨비 오면 오는 대로 맞고, 함박눈 쏟아지면 쏟아지는 대로 펑펑 맞으며 집 짓는 사람들. 때로는 가지 많은 나무 같고, 때로는 하얗게 핀 들꽃 같다. 내 가족의 일처럼 안전을 염려하고, 세상의 아버지들을 생각하게 하는 사람들. 세상의 자녀들에게는 마음의 등불이며 가장 존경하는 아버지. 그 아버지들이 가장 낮은 곳, 길 위에서 식사한다.

남산이다. 나를 초대한 선배와 남산 서울타워 전망대에 올랐다. 까마득하게 내려다보이는 서울의 초저녁. 반짝반짝. 색깔도 크기도 다른 불빛. 사람 하나하나가 만든 별나라. 우리 집 고친 탐지기사와 설비기사, 감나무 집 짓는 사람들. 가장 낮은 자리에서 식사하며, 하늘에 닿을 듯한 빌딩 짓는 사람들의 영혼이 깃든 눈빛 같다.

식사하기 위해 자리에 앉으니 요리가 나왔다. 한 접시에 놓인 요리. 얼마나 많은 사람의 손길이 닿았을까. 가장 낮은 곳에서 나고 자란 재료. 가꾸고 거둔 사람들, 싣고 나른 사람들, 다듬어 요리한 사람들, 그릇 만든 사람들 하나하나는 가장 낮은 곳에서 식사하며, '우리가 하는 일'을 했겠다.

우리는 우리 하나하나가 '우리가 하는 일'로써 산다. 내가 잘하면 타인이 받는 빛, 타인이 잘하면 내가 받는 빛. 알 수 없는 사람들의 빛을 받으며 살았고, 그 빛으로 내일을 향하여 산다. 물론 나도 누군가에게 조금이라도 빛이 되었을 테고, 또 그렇게 빛이 되며 산다.

누구도 타인에게 빛이 아닌 사람 없을 테고, 타인의 빛 받지 않은 사람 없을 테니까.

지구를 걷고 있는 사람들. 똑같은 사람 없다. 살아가는 방법 또한 다르다. 다르기에 세상이 살아있다. 자신을 사랑하며 열심히 살아내는 것이 본인은 물론 생명을 주신 부모님께 선물이고 타인에게도 선물이다.

하나의 달이 천 개의 강을 비추듯, 우리 하나하나가 하는 일 또한 천 명의 삶을 윤택하게 한다. 지구에 초대받은 우리는.

(『삼강문학』 2022. 창간호)

옥수수 문명

옥수수, 고향에서 왔다.

아버지의 푸르고도 젊은 시절. 나 어린 시절 우리 집 안방. 나는 윗목 뒷문 앞에 있는 재봉틀 앞에 앉아 있고, 아버지는 아랫목 뒷문 앞에 있는 앉은뱅이책상 앞에 앉아 계시다. 나는 여름방학 숙제를 하거나 동화책을 읽고, 아버지는 치부책에 곡물 가격 적고 『삼국지』를 읽거나 붓글씨를 쓰신다.

어머니 재봉틀. 사용하지 않을 때는 천으로 덮어놓으니 거의 내 책상이다. 의자에 앉아 발을 발판에 올려놓고, 재봉틀 위에 두 손 얹은 내게 들어오는 뒷문 밖 여름. 장독대 옆 도라지꽃, 울타리 타고 올라간 호박꽃, 울타리 너머 옥수수밭. 산등성 오르내리던 구름 하나, 내게 묻는다.

"타실래요?"

바람과 함께 태평양 건너니 뻬뗀이라는 밀림이다. 동아일보 문화

부에서 계획한 기행, 취소되어서 아쉬웠던 마야. 울창한 숲의 향기가 맞이하고 햇살이 앞장선다.

마야는 하나의 나라 이름이 아니다. 수천 개 도시국가를 통틀어 마야라고 한다. 학자들은 마야 도시에 유적이 있고 마야어를 쓰고 있는 곳을 마야로 정했다. 우선 멕시코 남쪽, 시야빠스와 유카탄주가 들어간다. 16세기 스페인 군대가 처음 만난 마야의 도시 마야빤이 있는 곳이다. 마야빤 때문에 오늘날의 마야라는 이름이 붙었다.

띠깔. 과테말라, 고전기 마야 최대도시. 나무에 가려 안 보이지만 곳곳에 3,000개 정도의 건물이 있다. 1696년 밀림 한가운데에서 이 도시가 발견됐다. 아직도 발굴이 안 끝났다. 여의도 두 배만 한 이 도시국가의 시간은 서기 900년 즈음에 멈춰 있다.

띠깔이 밀림에 들어온 건 기원전 1천 년 즈음의 일이다. 농사지을 땅과 물을 찾아온 신석기 사람들이었다. 수십 미터 높이의 원시림을 끝도 없이 잘라냈다. 농토를 만들고 집을 짓고 도시를 건설했다. 하사우의 조상이 이 밀림에 뿌리 내릴 수 있었던 이유, 옥수수이다. 씨앗 하나로 백 배 이백 배 수확을 얻을 수 있다. 신의 작물, 기적의 곡식이라 불리는 옥수수가 있었기에 마야의 도시, 마야의 문명이 가능했다.

실제로 옥수수는 중앙아메리카에서 처음 재배했다. 1960년 미국의 고고학자 리처드 맹리 씨가 멕시코 떼우아깐 계곡, 한 동굴에서 옥수수 재배 초기 흔적을 발견했다.

인류가 맨 처음 재배한 옥수수. 손가락 한 마디 크기이고, 알갱이는 겨우 여덟 개 정도이다. 농부는 가장 좋은 알갱이를 씨앗 삼아 품종을 개량해 갔다. 옥수수가 지금 크기가 된 때는 기원전 4000년. 이때 마야를 비롯한 중앙아메리카 문명이 시작된다.

문명이 시작될 무렵, 이야기도 생겼다. 이 세상과 사람들이 어떻게 생겨났는가 하는 이야기이다.

공놀이를 아주 좋아하는 쌍둥이 형제가 있었다. 땅이 쿵쿵 울리는 소리가 시끄러워 지하세계 신들이 화가 났다. 신들은 올빼미를 보내 쌍둥이 형제를 초대한다. 이들의 아버지도 지하세계로 온 적이 있는데 신들의 시험을 통과하지 못하고 죽었다. 형제는 아버지가 실패한 시험을 차례차례 통과한다. 마지막 관문은 지하세계 신들과의 공놀이이다. 형제가 승리한다. 쌍둥이는 죽은 아버지를 옥수수 신으로 부활시킨다. 그리고 형제는 해와 달이 된다. 죽은 아버지가 부활하는 건 해마다 다시 자라는 옥수수를 상징한다.

떼우아깐 옥수수 기념비. 두 손으로 옥수수를 들어 하늘에 바치는 형상이다. 창조 신화에 나오는 죽음과 부활이 마야에서는 옥수수이다. 마야를 이야기해주는 유물은 많지 않다. 남은 건 거의 도자기이다. 도자기 그림은 주로 마야의 창조 신화인 뽀뽈 부와 옥수수 신이다.

2012년 멕시코의 한 도시에서 발굴된 유물이 마야를 다시 신비주의로 물들였다. 뒤통수가 긴 편두. 마야인은 어려서 머리뼈가 말랑말랑할 때 두개골을 일정한 형태로 만들었다. 편두는 그들이 섬겼던 옥수수 신을 자신의 몸에 표현하는 방법이다. 옥수수 신, 그는 호박에서 탄생했다. 옥수수 신이 왕이 된 이야기는 기원전 100년, 그림으로 그렸다.

마야 미술에서는 옥수수를 세상의 창조와 함께 생겨났다고 묘사한다. 왕들은 옥수수처럼 치장했다. 옥수수처럼 옷을 입고 분장했다. 그들 스스로 옥수수와 연관시켰다. 마야에서 옥수수는 단순히 먹는 게 아니다. 사람이 옥수수를 키우는 것 같지만 사실 옥수수가 있었기에 사람이 살 수 있었다. 옥수수가 사람을 키운 거다.

모모스떼난고. 과테말라 마야 원주민 자치 도시. 마야인은 신에게 바칠 꽃과 초를 들고 산을 오른다. 옥수수 농사를 짓는 마야인에게 이날이 가장 중요한 날이다. 며칠 후 비가 올 거다. 그때 맞춰 이날, 옥수수밭을 태운다.

문명을 정의하는 말이 많이 있다. 도시의 시작을 문명의 시작이라 하기도 하고 자연의 도전에 대한 인간의 응전, 상대편의 공격에 맞서서 싸움 또는 상대편의 도전에 응하여 싸움을 문명이라 하기도 한다.

마야는 밀림의 도전을 옥수수로 극복한 문명이다. 옥수수 문명이다. 지금도 700만 정도가 마야어를 사용한다. 나고 자라서 다시 씨앗이 되는 옥수수처럼 마야인은 지금도 소멸과 부활이 순환하는 어느 한순간을 살아가고 있다.

하나의 달이 천 개의 강을 비추듯

EBS 다큐프라임 '불멸의 마야'. 해설 끝나고 구름 기행도 끝났다.

아버지의 푸르고도 젊은 시절. 나 어린 시절 뒷문 밖 풍경 불러오는 옥수수. 고향에서 온 옥수수에서 불멸의 마야를 읽는다. 옥수수 문명을 읽는다. 부활해야겠다.

(『한국수필』 2022. 10)

네 친구 이야기

허균 산문선 『누추한 내방』 중 「네 친구 이야기」를 읽고
「사우재기(四友齋記)」

내가 가장 작고 낮아질 때는 글 잘 쓰는 사람들 앞에서이다. 그런데다가 갑자기 급한 일들이 툭 툭 튀어나오면 끝도 없는 바닥으로 떨어진다. 문득 내 앞에 나타나 마음 잡아주는 건 허균의 친구 이야기이다.

책상 옆 책꽂이에서 한지 느낌이 드는 책 한 권을 꺼냈다.

'2009년 02월 26일 교보에서 내가 고르고 친구가 선물했다.'라고 쓰여있다. 읽을 때마다 느낀 감정을 적은 글씨가 빼곡한 포스트잇이 겹겹이 붙어 있다. 빨간 밑줄로 페이지마다 붉다. 그러나 기억나는 내용은 없다. 단 한 편의 「네 친구 이야기」만이 문득문득 나타날 뿐이다.

허균은 조선 중기의 대표적인 문인으로 자는 단보(端甫), 호는 교산(蛟山) · 학산(鶴山) · 성소(惺所)이다. 1585년 한성부 초시에 합격한 이래 여러 요직과 외직을 거쳐 병조판서까지 지냈으며, 역모했

하나의 달이 천 개의 강을 비추듯

다는 혐의로 처형당했다. 시 비평집 『학산초담(鶴山樵談)』, 『성수시화(惺叟詩話)』를 엮었으며, 시선집 『국조시산(國朝詩刪)』, 중국의 문장을 뽑은 선집 여러 권을 펴냈다. 그의 글은 귀양지인 부안에서 스스로 엮은 문집 『성소부부고(惺所覆瓿藁)』로 남아있다. 『홍길동전』의 저자로 널리 알려진 그는 빼어난 감상으로 당시풍(唐詩風)의 시를 썼을 뿐만 아니라 상식을 뒤엎는 행동으로 세상을 놀라게 했다.

책에는 네 친구 이야기가 있다. 허균은 친구가 없어서 부끄럽단다. 문에는 찾아오는 사람 없고 밖에 나가도 함께 갈 사람이 없다고 한숨 쉬며 말한다.

"붕우란 오륜 중의 하나인데 나만 유독 빠졌다. 어찌 매우 부끄러운 일이 아니겠는가?"
나는 물러나 이렇게 생각했다.
"온 세상 사람들이 나를 비리하다면서 교제하질 않으니 내가 어디 가서 벗을 구하겠는가? 어차피 그럴 수 없다면 옛사람 중에서 교유할 만한 사람을 선택해서 그를 벗으로 삼으면 되겠다."

그 생각이 좋았다. 마음에 새기듯 글자를 한 자 한 자 꾹꾹 눌러 읽었다.

허균은 '가장 사랑하는 이가 진(晉)나라 처사 도연명(陶淵明) 씨'라고 했다. 이때 나는 예술의 도서인 『시학』의 아리스토텔레스를 모셔왔다. '시는 역사보다 더 철학적이다.'라며 '비극의 효용은 울적한 기분을 발산시켜 정신을 정화시키는 것'이라는 말이 좋았다. 책꽂이에서 나를 바라보고 있을 때 내 마음이 정화되는 느낌이어서 좋았다.

다음은 누구일까 했는데 '당나라 한림 이태백 씨'라고 했다. '스스로 산수간에서 마음껏 노니니, 부러워서 그 경지에 이르고 싶다'라고 하면서 말이다. 나는 국보 『삼국유사』의 일연을 모셔왔다. 단군 조선부터 고구려, 백제, 신라 사회를 불교 위주로 기술하여, 우리나라의 무한한 민족적 자부심을 느끼게 만들어 세계의 문화유산을 남긴 분이다. 어쩌면 나는 허균보다 훨씬 많은 친구를 사귈 수도 있겠다는 생각이 들었다.

'또 그다음은 송나라 학사 소자첨(소동파) 씨'라고 했다. '그분을 본받고 싶지만, 능력이 되지 않는다'라고 했다. 나는 이번에는 『오디세이아』의 저자 호메로스가 아닌 20년 만에 귀향한 오디세우스를 모셔왔다. 젊은 이타카인 108명의 구혼을 거절하기 위해 낮에는 베틀 앞에서 시아버지의 수의를 짜고 밤에는 풀며 3년을 버티다 들통나고 곤욕을 치른 아내 페넬로페에게 돌아온 남편 오디세우스. 트로이 전쟁에서 이기고 아내와 아들이 기다리는 집으로 온 오디세우스. 믿음, 소망, 사랑으로 가정을 향한 마음이 귀해서였다.

허균이 벗으로 삼은 도연명, 이태백, 소자첨은 천하에 문장으로 이름 높았다. 그는 이정에게 그 세 군자의 모습을 그리게 했다. 한석봉에게는 이 초상에 찬을 지어 해서로 써 달라고 했다. 그리고는 늘 머무르곤 하는 곳에 반드시 좌석 오른편에 걸어두었다. 세 군자와 '서로 마주하여 세속의 권위나 형식을 벗어나 함께 담소를 나누는 듯했다. 딱히 쓸쓸한 거처에서 지내는 괴로움을 모를 정도여서 다른 사람과 교유하는 것을 즐기지 않게 되었다'고 했다.

　　북쪽 들창에 세 분의 초상을 펼쳐놓고 분향하면서 읍을 하고, 편액을 '사우재'라고 이름하고, 연유를 위와 같이 기록해 둔다.

　자신을 위하여 글씨를 써주는 한석봉이 있고, 그림을 그려주는 이정이 있다. 그런데 친구가 없다 하고, 외롭지 않은 사람 없을 텐데 유난히 엄살 부리는 건 아닐까.

　그러나 엄살이어도 좋았다. 나만 외로운 게 아니라서 친구 같은 느낌이 들었다.

　나는 허균처럼 하지 않았다. 그림 그려 줄 친구 찾지 않고, 글씨 써 줄 친구 부르지 않고 새로운 자리 마련하지 않았다.

　내가 찾는 친구는 원래 책꽂이에 있었다. 『시학』의 아리스토텔레스, 『삼국유사』의 일연, 『오디세이아』에서 살아있는 주인공 오디세우스는 나와 함께 있었다. 책상 옆에 있는 책꽂이에서 마주하고 있었다. 나만 들어가면 될 일이었다.

　내가 작고 낮아지지 않도록 더 자주 만나야겠다. 친구.

(『한국수필』 2022. 12)

빼어난 시인은 나쁜 시도 읽는다

박제가 산문선 『궁핍한 날의 벗』 중 「빼어난 시인은 나쁜 시도 배운다」를
읽고, 「시학론(詩學論)」

책꽂이에서 한지 느낌이 드는 책 한 권을 꺼냈다.

'2009년 02월 26일 교보에서 내가 고르고 친구가 선물했다.'라고
쓰여있다. 포스트잇이 살짝 보이는 페이지를 폈다. 「묘향산 기행」이
다. 몇 번을 읽었는지 산을 오를 때마다 바뀌는 풍경처럼 색다른 밑
줄이고 동그라미이다. '2017년 07월 19일 오후 05시 10분, 스타벅스
3층에서 망고 주스 마시며'라고 연필로 쓴 글씨도 있다. 그런데 이상
도 하다. 밑줄 하나 없는 「빼어난 시인은 나쁜 시도 배운다」만 문득
나타나 긍정의 힘을 주고 미완성의 글쓰기를 재촉한다.

박제가는 조선 후기 실학자로 본관 밀양, 승지 평(坪)의 서자이고
호는 초정(楚亭), 정유(貞蕤), 위항도인(葦杭道人)이다. 조선 후기 소
품문(小品文)의 향방을 가늠하는 중요한 산문가였고, 참신한 시를
쓴 뛰어난 시인이었다. 고고한 문기(文氣)가 넘치는 그림을 그린 화
가에다 속기(俗氣) 한 점 보이지 않는 절묘한 글씨를 쓴 서예가이기
도 하다.

하나의 달이 천 개의 강을 비추듯

규장각 검서관을 지냈다. 1778년 사은사 채제공을 따라 청나라에 갔다. 이조원(李調元), 반정균(潘庭筠) 등 청나라 학자들과 교유했으며, 돌아와 청나라에서 보고 들은 것을 정리한 『북학의(北學議)』 내외편을 저술했다. 저서로는 『정유집(貞蕤集)』, 『정유시고(貞蕤詩稿)』, 『명농초고(明農草藁)』 등이 있다.

박제가는 「빼어난 시인은 나쁜 시도 배운다」에서 말한다. 두보(杜甫)의 시를 배운 자가 가장 최하 수준의 작가이고, 원나라, 명나라의 시를 모범으로 배운 자가 최상의 작가라고 말이다. 이유를 보면 고개가 절로 끄덕여진다.

두보를 배우는 자는 두보의 존재만 알 뿐이고 다른 작가에 대해서는 보지도 않고 업신여긴다. 그래서 시를 쓰는 그의 솜씨는 갈수록 졸렬해진다. 당시(唐詩)를 배우는 자의 폐단도 마찬가지이다. 그래도 두보를 배우는 자보다는 다소 나은 이유는 두보 이외에 왕유(王維), 맹호연(孟浩然), 위응물(韋應物), 유종원(柳宗元) 같은 수십 명 시인의 이름이 가슴속에 도사리고 있기 때문이다. 그로 인해 두보를 배우는 자들을 능가하고자 애를 쓰지 않아도 저절로 능가하게 되는 것이다.

'이곳이 공자께서 거처하던 집이다.'라고 하며, 종신토록 눈을 감고 그곳을 벗어나지 않는다면 그의 행위 또한 볼만한 것이 없음을 확인하게 되리라.

하나만 알면 우물 안 개구리라는 표현이다. 박제가는 '문학의 길은 시인의 마음과 지혜를 활짝 열고, 견문을 넓히는 데에 달려 있을 뿐'이라고 한다.

몹시 추운 날 여의도 국회도서관에서 손끝의 바람에도 바스러질 것 같은 책을 만났다. 1978년, 1979년, 1980년…에 발행한 『한국수필』이다. 「명화의 고향을 찾아서」의 조경희, 「인간의 결점과 다이어몬드」의 원종성, 「견우와 직녀」의 정진권…. 익숙한 작품과 작가, 낯선 작품과 작가가 함께 있는 책이다. 점자 같은 글자들이 작가의 눈빛 같고 글을 쓴 순간의 모습을 대하는 것 같았다. 작가들은 스스로 만족하지 않았을지도 모를 작품으로 『한국수필』의 역사가 되었다. 저녁노을이 피어나는 한강이 내려다보이는 창가에서 두 손을 책 위에 올려놓고 경배했다.

오늘날 중국 사람의 글씨는 믿을 만하고 쉽게 접할 수 있으므로 차라리 그것을 배우는 것이 낫다. 옛 글씨의 법은 오히려 오늘날 중국 글씨에서 찾아볼 수 있다.

박제가가 지나치게 중국을 중심에 놓고 글을 쓰고 생활하는 것 같아서 불편하기는 하다. 그러나 우리나라의 경우에는 부득불 그러하다고 하니 이해를 하면서 세종대왕을 생각하지 않을 수 없다. 현재를 살아가는 우리는 한글이 있어서 빼어난 사람일 수 있고 나쁜 시도 배울 수 있다. 빼어난 사람은 나 자신이어야 하겠다. 문학뿐 아니라 사회에서 만나게 되는 일에 너그럽게 포용하는 것이 빼어난

하나의 달이 천 개의 강을 비추듯

사람이겠다. 내게 빼어난 사람이 되었던 사람들처럼 말이다.

서랍에서 누런 종이를 꺼냈다. '조선일보 西紀 1997年 10月 23日 木曜日' 신문이다. 사진 한 장면에는 젊은 여자가 맨 위 계단에 앉아서 글을 쓰고 있고, 계단 아래에서는 나이 든 여성이 글을 쓰고 있는 모습이다. 사진 밑에는 '문학처녀'부터 '문학할머니'까지 여성 백일장 대성황이라는 글이 있다. 장소는 마로니에 공원이다.

사진 속 젊은 여자는 입상하지 못했다. 다음 날 신문에는 입상자 명단 없이 글 쓰는 풍경과 460여 명 참가했다는 글만 나왔다. 신문의 힘을 받고 사진 속 계단에서 쓴 글을 KBS 방송국으로 보냈다. 전화가 왔다. 상품이 나가는데 차를 가지고 오라고 하면서 상품이 크니 남자가 와야 한다고 했다. 글이 살아났다. 신문 기자와 방송 작가 덕이었다. 신문 기자와 방송 작가는 내게 빼어난 사람이었다.

미래로 나아가기 위해서 세상을 보는 눈을 바꾸는 메시지가 있어 명쾌하다.

(『한국수필』 2023. 01)

유네스코 세계기록유산

유득공 산문선 『누가 알아주랴』 중 「우리 시의 맹아(萌芽)」를 읽고
「삼한시기서(三韓詩紀序)」

　눈밭인가 보다. 책 표지에서 갓 쓰고 말 등에 앉아 등 뒤 하늘을 올려다보는 사람, 유득공이겠다. 책에는 '2009년 02월 26일 교보에서 내가 고르고 친구가 선물했다.'라고 쓰여있다. 아마도 저렇게 적어놓지 않았다면 이 글을 쓰면서 친구에게 고마운 마음을 전하지 못했을 것이다. 기록은 개인의 삶이고 역사가 되어 훗날 자료가 되기도 한다.

　유득공(柳得恭: 1748~1807)은 서울 출생으로 본관은 문화(文化)이다. 자는 혜보(惠甫), 혜풍(惠風)이고, 호는 영재(泠齋), 영암(泠菴), 가상루(歌商樓)이다. 1774년 생원을 거쳐 1779년 규장각 권서관에 임명되었다. 포천현감, 양근군수, 가평군수 및 풍천부사도 역임했다. 1778년에 심양을, 1790년에 박제가·이희경과 함께 북경을 다녀오고 1801년에 다시 북경을 다녀왔다. 저서로 문집인 『영재집』과 『삼한시기(三韓詩紀)』, 『이십일도회고시(二十一都懷古詩)』, 『발합경

(鶴鴿經)』, 『고운당필기』, 『발해고』, 『열하일기행시주』, 『연대재유록』, 『사군지』, 『병세집』, 『경도잡지』 등이 있다.

목차에 밑줄이 있는 페이지를 폈다. 「우리 시의 맹아」이다. 다시 보아도 새롭다. 지은이와 옮긴 이, 세종대왕을 생각하며 처음과 같이 읽었다. 기자(箕子)가 우리나라 시의 비조(鼻祖)가 되었다는 대목이 있다. 포스트잇에 연필로 쓴 「맥수가(麥秀歌: 보리 이삭의 노래)」는 『사기(史記)』에 실려 전한다.

> 맥수점점혜(麥秀漸漸兮) 보리 이삭은 잘도 자라고,
> 화서유유혜(禾黍油油兮) 벼와 기장은 윤이 흐른다.
> 피교동혜(彼狡童兮) 교활한 저 아이여!
> 불여아호혜(不與我好兮) 나와 의 좋지 않았도다.

기자(箕子)가 은(殷)나라의 도읍을 지나며 본 광경이다. 고국은 망했고 옛 궁은 폐허만 남아 보리밭이 되어있었다. 이에 마음속 깊이 사무쳐서 탄식하며 이 노래를 불렀다. 고구려의 을지문덕은 오언시의 비조가 되었다.

> 신책구천문(神策究天文) 그대의 귀신 같은 계략은 하늘의 이치를 다했고,
> 묘산궁지리(妙算窮地理) 기묘한 계략은 땅의 이치를 다했네.
> 전승공기고(戰勝功旣高) 전쟁에 이겨서 그 공이 이미 높으니
> 지족원운지(知足願云止) 만족함을 알고 그만두기를 바라노라.
> － 을지문덕(乙支文德), 「여수장우중문시(與隋將于仲文詩)」－

31

을지문덕의 마지막 작전은 이 시에 이어 나왔다고 한다. 오래전 연필로 쓴 글씨가 장군의 위엄과는 다르게 부드러워서 좋다.

'우리나라의 옛 시 가운데 「공후인(箜篌引)」, 「인삼찬(人蔘讚)」 같은 것은 중국 사람들의 기록에서 전한다. 그러니 은둔한 사람들은 작품이 비록 천이나 만이 되더라도 수천 리 밖의 사람이 풍문으로 듣고 그 한둘을 전해주기를 기대하는 형편이니, 어렵지 않겠는가?'라는 부분에서 글 몰랐을 사람들의 답답함을 느낀다.

공무도하(公無渡河) 그대여, 물을 건너지 마오.
공경도하(公竟渡河) 그대 결국 물을 건너셨도다.
타하이사(墮河而死) 물에 빠져 돌아가시니,
당내공하(當奈公何) 가신 임을 어이할꼬.

「공후인(箜篌引)」은 고조선 때에 진졸(津卒) 곽리자고의 아내 여옥이 지었다고 전하는 노래이다.

삼아오엽(三椏五葉) 세 줄기 다섯 잎사귀
배양향음(背陽向陰) 해를 등지고 그늘을 좋아하네
욕래구아(欲來求我) 나를 얻으려면
가수상심(椵樹相尋) 피나무 아래서 찾으시오

작자 미상 「인삼찬(人蔘讚)」은 고구려사람이 인삼을 칭송하며 불렀다는 사언시이다. 송나라 이석(李石)의 『속박물지(續博物志)』에 작

하나의 달이 천 개의 강을 비추듯

자가 고구려사람이라 한 기록이 이 작품의 국적과 창작 시기를 알려주는 최초의 것으로 여겨진다고 한다.

'우리 조선에 들어와서 이루어진 선집(選集)으로 『동문선(東文選)』, 『기아(箕雅)』 등 여러 책이 있으나 겨우 최치원(崔致遠)·박인범(朴仁範) 이후일 뿐 삼국시대 이상은 버려둔 채 거론하지 않는 것은 또 무슨 소견일까?'

유득공은 작가와 작품이 거론되지 않는 것은 기록이 없기 때문이라고 생각했다. 임진년(영조 48, 1772)에 「맥수가(麥秀歌)」를 첫머리로 하여 신라 말에서 끝마쳐 한 권으로 하고, 따로 최치원·최언위·최광유·박인범의 시와 발해인의 시, 당나라 사람들과 주고받은 시를 모아 한 권으로 만들어서 부록으로 했다.

이화여자대학교 도서관에 있는 『삼한시기』라는 이름의 필사 단행본 서문 끝에 스물일곱 살 때 저작임이 명기되어 있고, 따라서 『동시맹』 내지 『삼한시기』는 유득공 최초의 저작이 된다고 한다.

기록하지 않으면 누가 알아주랴. 기록은 유산이다. 2022년 11월 26일 유네스코 세계기록유산 아시아태평양지역 목록에 『삼국유사』, 「내방가사」, 「태안 유류 피해 극복 기록물」이 등재되었다.

(『한국수필』 2023. 02)

유네스코 세계지질공원 한탄강

차창 밖으로 보이는 조용한 마을. 스쳐 지나가는 마을마다 아침 연기 피어나는 풍경이 평화롭다. 아늑한 고향 생각나는데 군용차가 지나간다. 내가 탄 28인승 우등고속버스가 잠깐 멈춘다. 길옆 낮은 지붕에 문도 좁은 가게가 길게 줄지어 있다. 가운데 즈음에서 눈에 들어오는 태극기!

미군 용품 가겟집이다. 어제가 삼일절이었는데 내리지 않은 걸까.

태극기 사랑에 지극했던 시절. 맑은 날 아침에 태극기 달고, 해지기 전에 애국가 들으며 태극기 내리고 어둠을 맞이하던 시절. 눈에 가득하다. 태극기 앞에서 국기에 대하여 경례, 나라 사랑하세, 하던 시절. 가슴이 따뜻해진다.

아버지의 푸르고도 젊은 시절. 아버지는 안마당과 바깥마당이 이어지는 담 안에 국기 게양대를 세우셨다. 국경일은 물론 평소에도

하나의 달이 천 개의 강을 비추듯

태극기를 다셨다. 어린 우리는 줄을 당기어 태극기가 국기 봉에 닿게 했다. 해지기 전에도 줄을 당겨서 태극기를 내렸다. 반듯하게 접어 아버지가 만든 국기함에 넣었다. 그리고 사랑방에 두었다.

십 리도 넘는 학교길. 산자락 돌아가는 길이 지루해서 나는 산등선 넘어가는 길을 택했다. 나무뿌리를 발판 삼아 디디고 길옆 어린 나무를 움켜잡고 절벽을 탔다. 봉우리에서 내려다보이는 학교. 운동장 한쪽에 있는 교무실. 그 앞 국기 게양대의 태극기가 내 안에 들어와 펄럭였다. 때로는 봉우리에서 조회시간을 맞기도 했다. 국기에 대한 맹세, 애국가를 들으며 저절로 뛰어 내려가게 하는 비탈길에서 단숨에 교문을 들어섰다.

집에 올 때도 산등선을 넘었다. 동네 어귀에 들어서면 스피커에서 애국가가 나오고, 가운데 마을, 회관 앞에서 동네 아저씨가 국기를 내리셨다. 아랫마을 우리 집 국기도 내려오는 건 보이는데 사람은 보이지 않았다. 동생들이 내리는 거였다.

자랑스러운 태극기. 나라에서 나온 태극기. 아버지 관 덮은 태극기.

태극기는 조선이 1882년 처음 사용했다. 1883년 나라를 대표하는 깃발을 국기로 제정하고 공포했다. 제정 당시 태극기의 모양을 정하지 않아 다양한 형태의 태극기를 제작하고 사용했다. 광복 후 1949년 대한민국 정부가 「국기제작법」을 공포하고, 태극기 제작 방법을 통일하여 오늘날의 태극기를 만들었다.

미군 용품 가겟집 태극기 하나가 철원을 다 지키는 것 같다. 철원 한탄강 주상절리 만나러 가는 나도 태극기가 지켜줄 것 같다. 미군 용품 가겟집 태극기 든든하다.

드르니 고을에 도착했다. '드르니'는 '들르다'라는 뜻의 순우리말이다. 태봉국을 세운 궁예가 왕건의 반란으로 쫓길 당시 이곳을 들렀다 하여 붙은 이름이다. 철원 한탄강 주상절리 잔도는 드르니 마을 매표소에서 순담계곡 매표소까지 약 3.6km이고 폭은 1.5m이다.

잔도는 중국에서 외진 산악 지대를 통과하는 길이었다. 절벽에 구멍을 낸 후, 그 구멍에 받침대를 넣고 받침대 위에 나무판을 놓아 만들었다. 최초의 잔도는 기원전 476년~기원전 221년 전국 시대에 만들었다는데 한탄강 주상절리 잔도는 2021년 11월 18일 개통, 19일 개장했다.

드르니 문으로 들어섰다. 궁예가 밟았을 땅을 디디면서 강을 거슬러 올라갈 거다.

협곡 사이로 바람이 분다. 상쾌하니 환영하는 바람이라 하겠다. 내려오는 물결에 반짝이는 아침 햇살, 강 건너 절벽 주상절리, 보일 듯, 보일 듯 가려진 폭포. 잘 만든 하늘길에서 해설사를 만나고, 삶이 만물 박사이듯 여행하는 지질학 박사도 만난다.

철원 한탄강은 1억여 년 전에 지하의 화강암이 땅 밖으로 드러났다. 이후 약 54만 년 전에서부터 약 12만 년 전 사이에 현무암 용암류가 이곳을 덮었다. 한탄강의 침식작용이 새로운 물길을 형성하는 과정에서 덮여있던 화강암이 드러나기도 한다. 화강암과 현무암이 공존하는 모습을 본다.

한탄강 잔도 하늘길은 전망대, 교량, 쉼터가 있는데 위치와 풍경 설명이다.

2번 홀 교. 들어서니 아늑하다. 누에고치 같다. 갑자기 그리움이 울컥 찾아온다. 나 어린 시절 누에 치던 어머니. 걸음걸음 새기듯 '엄마'를 부르며 나오니 해설사가 있다. 한탄강 유네스코 세계 지질 공원에 있는 한탄강 CC골프장의 2번 홀에서 골프공이 날아오는 곳으로 유명하단다. 지나는 사람을 보호망 구조인 2번 홀 교가 안전하게 지켜준단다. 먼 옛날 누에고치가 우리 집 안팎을 보호해 주었듯, 홀 교가 나를 지켜주누나.

잔도 따라 강을 거슬러 올라오니 순담계곡이다. 가슴이 탁 트이도록 내려다보이는 계곡. 강줄기 가운데 물 윗길. 아름답다. 유네스코 세계지질공원으로 등재된 한탄강 주상절리를 물 위에서 감상할 수 있는 산책길이다. 고석정과 순담계곡 등 일부 구간에 부교를 설치하여 운영했고, 2017년부터 태봉대교에서 순담계곡에 이르는 전 구간에 확대 설치했다. 매년 10월 개장하여 다음 해 3월까지 운영한다.

부교에 올랐다. 물 윗길에서 양쪽 기암절벽을 올려다보니, 산벼랑 잔도에서 내려다본 절벽과 다르다. 깊어지는 마음을 바위기둥이 끌어 올리는 느낌이다. 연어가 물을 거슬러 올라가듯 물 윗길을 거슬러 올라가는 나는 다양하고 요란한 물길을 만났다.

강바닥이 쑥쑥 튀어나온 바윗골이다. 산기슭과 맞닿은 강기슭 바윗길. 넓디넓은 바위, 매끄럽게 우뚝한 바위, 날카롭게 펴진 바위, 동글한 자갈, 각진 모래. 지구에 초대받은 사람들이 다양한 삶을 살아가듯 돌멩이의 역사도 층을 이루며 다양하다.

평평한 바위에 앉았다. 바윗골 휘돌아가는 물소리, 물과 세차게 부딪치는 바위소리. 물살 부딪치는 찰나의 햇살. 강 건너 너른 바위 층층이 포개어 이룬 절벽을 배경으로 빚어진 풍경 앞에서 먹는 간식마저 풍경이다.

강기슭 모래밭과 바윗길 거슬러 올라오니, 한탄강 중류에 있는 고석정이다.

옛 고석정 건물은 한국전쟁 때 모두 불에 탔고, 1971년에 지금 모습으로 새로 지었다. 이곳에서 신라 진평왕과 고려 충숙왕이 머물렀다. 그리고 조선 명종 때 활동한 임꺽정의 근거지였다. 고석정에서 멀리 내려다보이는 한탄강.

강은 누구를 마중하고 누구를 배웅하며 누구를 기억할까.

붓으로 읽고 그린 사람 기억하겠다. 금강산 초행길에 「화적연」을 그린 겸재 정선. 부채 그림 「화적연」을 남긴 이윤영. 시 「화적연」을 지은 이병연. 삼부연과 화적연을 둘러보고 「화적연기」를 쓴 허목. 선현들의 자취가 깃들어 있는 현장의 기억, 좋다.

하나의 달이 천 개의 강을 비추듯

물 가운데 둥근 돌 솟아
위에 앉아 보니 검은 빛이다.
사람들은 괴물이 서려있다 말하니
뉘가 감히 깊은 못에 침이라도 뱉을꼬
부딪히는 물결 미미하게 솟고
구름이 올라 짙게 걸린다
원님은 비를 빌러 오고
길은 늙은 소나무 가로 났다.

- 이병연, 「화적연」 -

화적연은 한탄강 아래쪽에 있는 큰 바위이다. 연못 위로 높이가 13m 정도 솟아 있는 모양이 연못 한가운데 짚단을 쌓아 올린 듯하여 화적연(禾積淵)이라 한다. 2012년 명승 제93호로 지정되었다.

제주 주상절리가 남성 같다면, 한탄강 주상절리는 여성 같다.

한탄강이 2020년 7월 7일 유네스코 세계지질공원으로 국내 네 번째 지정되는 순간, 태극기가 활짝 피었겠다. 자랑스러운 태극기, 세계 곳곳에서 펼쳐지기를 기원한다.

(『삼강문학』 2022. 창간호)

인류세(人類世)

브라질 상파울루에 하루 600㎜ 이상 집중호우 … 최소 19명 숨져

브라질 남동부에 폭우가 쏟아졌다는 소식이다. 2023년 2월 20일 상파울루주에 전날부터 24시간 동안 물 폭탄이 떨어졌다. 2월 한 달 평균 강우량을 넘는 수치로 삽시간에 불어난 물이 진흙과 함께 주택가를 덮쳤다. 상파울루주 정부는 최소 19명의 주민이 사망한 것으로 집계하고, 228명은 집을 잃고 338명이 대피 중이라고 했다. 아직도 집 잔해 아래에 많은 주민이 깔려 있어 인명피해가 늘 것으로 우려된다고 했다.

대한민국 남부지방에는 가뭄 소식이다. 전남 순천 주암댐이 말라서 측면 바닥을 드러내고 있다. 환경부에 따르면 섬진강댐이 저수위 위험에 있을 뿐만 아니라 낙동강 권역 댐 부분은 현재 가뭄 경보가 발령된 상태다.

튀르키예와 시리아를 강타한 지진으로 사망자가 5만 명을 넘어

2023년 2월 24일(현지시각) 소식이다. 2023년 2월 6일 튀르키예에서 첫 지진이 발생했다. 이후 2월 15일에는 '지진 212시간 만에 튀르키예와 시리아의 생존자 구조와 수색 작업 종료'한다고 했었다. 인력이 부족하다 보니 구조 활동을 해야 하나, 구조된 사람들을 치료해야 하나, 아니면 구조된 사람들에게 음식을 가져다주어야 하나. 동시에 안 되니까 혼란이 가중되는 상황이라고 한다.

시리아는 2014년부터 내전 중이어서 구호 물품을 현 정권을 통해 전달할 수밖에 없는 상태이다. 하얀 헬멧 쓴 시리아 민간 구조대가 활동하고 있으나 구조 장비가 없다고 한다.

러시아의 우크라이나 침공 1년 … '우크라이나에 평화를' 불 밝힌 세계

2023년 2월 25일 아침 신문기사이다. 24일 전 세계 주요 도시들은 우크라이나에 평화가 찾아오길 기원하며 밤을 환하게 밝혔다. 서울 남산 서울타워 외벽도 프랑스 파리 에펠탑도 파란색과 노란색으로 밝혔다. 우크라이나 서부 도시 르비우의 한 군인 묘지에서는 전사한 군인들을 추모하기 위해 하늘에 스포트라이트를 비추는 '기억의 빛' 행사가 열렸다.

2022년 2월 24일 러시아가 우크라이나를 침공했다. 러시아 당국은 전쟁 범죄와 반인도적 범죄를 포함한 전시 행위의 국제법 위반 혐의로 기소되었다. 러시아군은 인구 밀도가 높은 지역에서 민간인들을 불필요하고 과도한 피해에 드러나는 무차별 공격을 가한 혐의를 받았다.

북한, 동해상으로 탄도미사일 발사 ⋯ 새해 들어 두 번째

2023년 2월 18일 오후 소식이다. 합동참모본부가 밝힌 내용이다. 새해 첫날 평양 용성 일대에서 동해상으로 단거리 탄도미사일 한 발을 쏜 지 약 한 달 반(49일) 만이다. 북한의 탄도미사일 발사는 미국 주도의 안보리 소집에 반발하는 성격으로 분석된다고 했다.

기후가 인간을 공격하고 인간이 지구를 공격한다. 지구는 이미 다섯 번의 대멸종을 겪었다. 가장 최근이 공룡이 멸종했던 백악기 멸종이다. 이제 여섯 번째 대멸종이 들어설 차례이다. 지금 현재가 홀로세다. 인류세는 약 1만 2천 년 전에 시작된 홀로세(Holocene)를 지나 지구가 새로운 지질학적 시대에 접어들었다는 의미에서 만들어진 용어이다. 인류로 인해 빚어진 시대라는 의미이다.

인류세를 주장하는 사람들은 핵실험이 실시된 1945년을 인류세의 시작점으로 본다. 방사성 물질, 대기 중의 이산화탄소, 플라스틱, 콘크리트 등 인류가 남긴 흔적은 지층과 대기권, 해양권 등을 교란하고 있다. 심지어는 한 해 6백억 마리가 소비되는 닭고기의 뼈를 인류세의 최대 지질학적 특징으로 꼽기도 한다.

하나의 달이 천 개의 강을 비추듯

인류세라는 이름이 말하고자 하는 핵심은 이제는 지구의 현재와 미래의 변화에 대해서 인간이 책임져야 한다는 것이다. 싫든 좋든 우리 인간의 행위는 지구 깊숙한 지층과 암석에 기록될 게 분명하다.

(한국문학예술저작권협회 2022 미분배보상금 사업 예산으로 제작,
문학의 집 서울 『지구의 눈물』 2023)

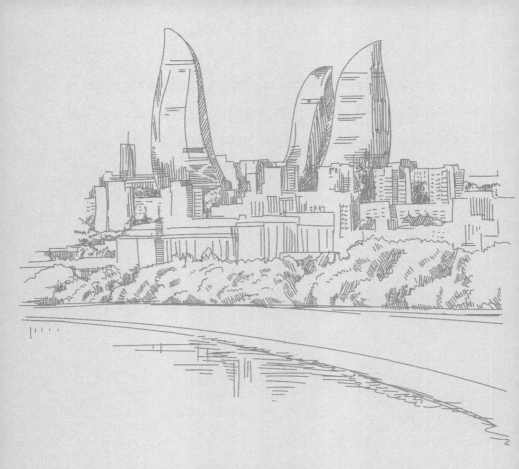

“제43차 세계유산위원회는
'한국의 서원'의 세계유산 등재를 선언합니다.”

제2장

아제르바이잔 바쿠에서

...

탁청지 수련 필 무렵

소수서원

경북 영주. 태백산으로 들어서는 길목 바람이 마중 나왔다.

소수서원. 우리나라에 성리학을 처음 도입한 안향(安珦)을 기리는 곳이다.

매표소를 지나니 솔바람 부는 소나무 군락지이다. 솔 향기 가득한 서원 입구에 당간지주가 보인다. 이곳에는 통일신라 시대에 세운 숙수사(宿修寺)라는 절이 있었다. 조선 시대 세조 3년에 단종 복위 실패로 모든 건물이 소실되고 당간지주만 남았다.

중종 37년(1542)에 풍기군수(豊基郡守) 주세붕이 이곳에 안향의 사당을 세웠다. 이듬해 사당 앞에 향교 건물을 옮겨다 재실을 마련하여 선비들의 배움터로 삼았다. 서원의 골격이 이루어졌다. 백운동 서원이었다.

명종 4년(1549), 풍기군수 이황이 백운동서원을 국가의 공식교육기관으로 인정받고자 사액을 청했다. 명종 5년(1550), 명종이 소수서원(紹修書院) 편액(扁額)과 노비, 전답, 서적을 하사했다. 최초의

하나의 달이 천 개의 강을 비추듯

사액서원(賜額書院), 최초의 사립대학이다.

백운동(白雲洞) 경(敬) 자 바위와 마주 섰다. 서원을 끼고도는 죽계천을 사이에 두고 있는 500년 된 은행나무 아래에서 전설을 생각한다. 바위에 새긴 하얀 글씨 '白雲洞'은 이황의 글씨, 붉은색 '敬' 자는 신재 주세붕이 직접 써서 새긴 것. 유교의 근본 사상인 경천애인(敬天愛人)의 머리글자이다. '敬' 자 위에 있는 '白雲洞'은 소수서원의 본래 이름이다. 물속의 또 다른 '敬' 자 바위 반영을 본다.

단종 복위 거사 실패로 이 고을 영주 순흥 사람들은 세조에 의해 학살당했다. 수많은 사람의 피가 죽계를 따라 7km가량 흘러가 멎은 곳을 지금도 피끝마을이라 부른다. 그때 희생당한 도호부민들의 시신이 이곳 죽계천에 수장되었다. 밤마다 귀신 울음소리가 들려, 주세붕이 원혼들을 달래기 위해 '敬'에 붉은 칠을 한 뒤, 위혼제(慰魂祭)를 지냈다. 그 후 원혼들의 울음이 그쳤다는 전설이 죽계천에 흐른다.

서원의 정문인 지도문(志道門)은 활이 표적을 향해 나아가듯 선비는 도를 향해 뜻을 세우고 나아가라는 의미를 지니고 있다. 지도문 안으로 들어가기 전 왼쪽에는 성생단(省生檀), 오른쪽에는 경렴정(景濂亭)이 있다. 성생단은 매년 봄과 가을에 안향의 제사를 지낼 때 사용할 가축의 흠결 여부를 살피고 잡던 곳이다. 오른쪽에 있는 경렴정(景濂亭)은 신재 주세붕이 세운 정자인데 우리나라 서원 정자로는 가장 오래되었다. 사림들의 교류와 유식을 위한 정자에서, 역사

속 사람들과 한마음 되어 보고 싶다.

지도문 안으로 들어서니 바로 들어갈 수 있는 강학당. 강론 및 통독, 당회를 여는 강학 공간의 중심 건물이다. 앞쪽에 백운동(白雲洞) 편액이 걸려 있는데 소수서원 사액을 받기 이전 이름이다. 대청 북쪽에는 명종이 직접 쓴 소수서원 편액이 걸려 있다. 원본은 소수박물관에 보관하고 있다. 1542년부터 1888년까지 350여 년 동안 4,200여 명의 유생을 배출했다. 퇴계 이황의 제자들은 대부분 소수서원 출신이다.

서원은 크게 강학 영역과 제향 영역으로 나눌 수 있다. 강학 영역은 학문을 닦고 연구하는 공간이다. 앞의 제일 큰 건물이 강학당이고 오른쪽 뒤편으로 들어가면서 지락재와 학구재, 일신재와 직방재 건물 왼쪽으로 장서각이 있다.

건물 배치는 하학상달. 즉 학문의 차례와 단계를 뜻한다. 독서를 통한 학문의 즐거움을 의미하는 지락재를 시작으로, 성현의 길을 따라 학문을 구하는 학구재, 날마다 새롭게 한다는 일신재, 그리고 깨어있어 마음을 곧게 한다는 직방재가 있다.

지락재와 학구재는 원생들이 거처하면서 공부하던 곳이다. 강학 공간에 있는 두 개 동의 건물은 조금 사이를 두고 ㄱ자 모양으로 배치했다. 지락재는 하급원생들이 기숙과 개인학습을 병행한 곳이다. 학구재는 상급원생들이 개인학습을 하는 기숙사이다. 학구재는 중앙 앞뒷면이 개방된 마루가 있고 양쪽에 각각 한 칸의 온돌방이 있다. 학구는 성현의 길을 따라 학문을 구한다는 뜻이나, 어린 학생이 생활하는 공간이어서 동몽재(童蒙齋)라고도 한다. 일신재와 직방재는 원장, 교수의 집무실 겸 숙소이다.

장서각(藏書閣)은 책과 목판을 보관하던 곳이다. 서원은 향촌 사회의 도서관 역할을 했다. 교육과 연구를 원활히 하기 위해서는 많은 책을 갖추고 이를 잘 활용해야 한다. 서원에 문고(文庫)를 두어 여러 가지 서적을 수집하여 보관하고, 나아가 연구 성과 또는 선현의 사상을 보급하기 위하여, 서적을 출판하는 것은 서원의 본래 기능이라 하겠다. 서원이란 용어 자체도 도서관적 기능에서 비롯되었다. 서원의 연원이라고 할 수 있는 집현전 서원이 그리했고 신라 때의 서서원(瑞書院), 고려 때의 수서원(修書院) 등이 많은 책을 수장하고 교육 활동을 지원했다.

제향 영역에는 문성공묘, 전사청, 영정각 등이 있다. 문성공묘는 성리학의 시조로 불리는 문성공 회헌 안향의 위패를 모신 사묘로 1542년 주세붕이 세웠다. 매년 봄, 가을 두 번 제를 지낸다. 담장 앞에는 숙수사지 목탑이 있다. 영정각은 안향, 주세붕, 한음 이덕형, 성리학의 창시자인 주희의 초상화를 모셔놓은 곳이다.

소수서원 뒷문으로 나왔다. 수련이 피어 있는 탁청지(濯淸池)는 유생들이 유식을 위해 조성된 연못이다. '탁청'은 맑은 물에 씻어 스스로 깨끗해진다는 뜻이다. 광해군 6년(1614), 풍기군수로 부임한 이준의 명에 따라 소수원장이었던 곽진이 조성했다.

강학당 대청이 아니면 어떠하랴. 나직한 돌덩이에 앉아 마무리 강연을 듣는다.

회헌 안향은 순흥에서 태어났고 송도(개성)에서 벼슬하다가 세상을 떴다. 묘소는 경기도 장단(현 북한)에 있다. 전 재산을 인재 양성에 투자하여 양현고(養賢庫)와 섬학전(贍學錢) 등 장학사업을 폈다.

고려 시대 당시 거란, 몽고, 홍건적, 왜구 등 이민족 오랑캐들의 침략이 잦았다. 최씨 무인 정권과 불교 폐해로 나라가 어려웠다. 안향은 나라를 안정시키고자 원나라에 가서 주자학(朱子學)을 수입하여 우리나라에 보급한 최초의 주자학자이다.

서원은 사설이었기 때문에 관학인 향교 교육이 과거와 법령의 규제에 얽매인 것과는 다르게, 학문의 자율성이 존중되어 출세주의 공리주의가 아닌 호연지기를 길러 인격 고시를 시켰던 민족 교육의 산실이었다.

교육내용은 사서오경 등 성리학이 중심이었다. 성리학을 통하여 우주의 본질과 이성의 탐구라는 내면적 학문 연마에 주력했다. 한편 과거를 위한 공부도 본업은 아니었지만 중요시했다. 그러나 유학의 원리에 어긋나는 이른바 이단에 관계되는 서책은 철저히 금지했다.

안향이 세상을 뜬 후 조선이 개국하면서 주자학을 나라의 통치이념으로 받아들이면서, 그는 비로소 나라의 큰 성인이자 동방 성리학의 비조로 추앙받게 되었다.

    강연이 끝나갈 무렵 뜻밖에도 중남미심포지엄에 동행했던 시인들을 만났다. 이산가족이라도 되는 양, 함박꽃보다 더 크고 반가운 웃음 터트리며 사진을 찍었다. 최초의 사액서원, 최초의 사립대학 소수서원에서 만나니 과거와 미래를 만난 기분이었다. 시인들은 다리를 건너 선비촌으로 가고 나는 순간, 소수서원에서 오래된 학문의 미래를 만났다.

2019년 7월 6일(현지시각) 오후.

아제르바이잔 바쿠에서 유네스코 세계유산에 등재된 소수서원.

조선 시대부터 오늘날까지 한국 사회의 많은 부분에 기초가 되었던 성리학을 바탕으로 한 교육과 사회적 가치를 전파하는 데 이바지한 세계적 사례로 그 가치를 인정받은 것이다.

(『청암문학』 2022. 가을호)

가을비, 선비 옷자락 적시고

도산서원

용산역.

추적추적 내리는 가을비.

하늘은 높고 모든 것이 풍성한 가을. 나는 허기지다. 채워도 채워지지 않는 허기. 비단에 수를 놓은 듯 아름다운 산과 들에 비라도 내리면 내 허기는 절정에 이르러 고독을 안고 길을 나선다.

버스에 올랐다. 나를 태운 버스는 용산을 떠나 고속도로 통행요금소를 지난다. 빗속을 달리는 차 창으로 빗물이 번져 흘러내리고, 빗줄기가 굵어졌다 가늘어지기를 반복하면서 수채화를 그린다.

멀리도 왔다. 경상북도 안동시 도산면 도산서원(陶山書院). 여기도 비가 온다. 뿌연 안개비를 헤치며 길을 따라가니, 낙동강 건너 저 멀리 조선 시대 영남지방의 과거시험 장소를 기념하기 위하여 세운 건물, 시사단(試士壇)이 보인다. 문득, 과거시험 치르는 나를 그려본다. 합격의 꿈을 안고 서원으로 들어가 보련다.

퇴계 선생의 가르침이 남아있는 곳. 한국 정신문화의 성지. 도산

서원 선비문화 체험을 하고자, 수련원에 등록했다.

'선비란, 유학(儒學)을 공부하고 자신의 마음을 닦아 인격을 완성하여 도덕적인 사회를 만들기 위하여 끊임없이 노력하는 사람을 말합니다.'

선비는 누구를 위하여 마음을 닦고 인격을 완성하려 했던 걸까. 선비는 도덕적인 사회를 만들고자 했다면 선비인 자신들이 노력하고 실천까지 했을까. 누구에게 선비 정신을 강조한 걸까. 선비는 모든 사람이 평등하다고 생각했을까. 조선 시대 여인들과 굽힌 허리 한 번 편하게 펴지 못한 신분 낮은 사람들의 삶이 아른거린다. 허기 채우러 왔는데 기초강의 거부하느라 아우성이다.

'선비문화체험 수련은 올곧은 이상(理想)을 실현했던 선인(先人)들의 생각과 삶을 느끼고 체험하여 자신들의 삶을 되돌아보고 행복한 가정, 화목한 직장, 도덕적인 사회를 만들기 위하여 다짐하는 시간입니다.'

선비란, 남녀노소 모두 노력하고 실천하는 사람이어야 했고, 실천해야만 한다. 과거와 미래를 잇는 현재의 우리는 모두 선비여야 하고 선비 정신으로 살아가야 한다. 선비 체험, 빠르게 적응하기 위한 마음가짐. 나 자신에게 변화가 생긴다는 것. 그것은 눈과 귀를 열고 마음으로 느껴야만 깊은 내면에서 피어나는 선비 정신이겠다.

내륙 지방 안동 수련원의 점심, 옛 선비가 먹던 음식일까. 냉동 시설이 없던 시절에는 생선이 상하는 것을 막기 위해 소금으로 염장 처리했다. 간고등어가 나왔지만 나는 담백한 음식만 식판에 담았다. 그릇도 소박하고 담백하다. 음식이 내게 오기까지 얼마나 많은 사람의 정성이 담겼을까. 식당 안에 있는 사람들, 선비 된 마음으로, 기도하는 마음으로 먹는가 보다. 지극히 선비 모습이다.

21세기에 웬 선비 정신인가 하니, 선비는 자신을 돌아보는 사람이라 한다. 입교식을 위해 줄지어서 걸어 올라간다. 뒤따라가는 도산서원의 빗줄기가 굵어졌다.

한석봉의 글씨 도산서원(陶山書院)이 처마 아래 중앙에 걸려 있는 전교당(典敎堂). 서원의 강당인 전교당 처마 끝으로 쏟아지는 빗물 사이를 지나 안으로 들어갔다. 전통 옷을 입고 선비문화 체험 수련 입교식을 했다.

낯설지만 익숙한 풍경. 멀고도 가까운 조선 시대 선비 되어 보니, 보물 제210호 전교당 처마 끝으로 보이는 빗줄기조차 예스럽다. 중후한 빗소리와 함께 강연 들으니 오묘하게 찾아오는 위안. 이보다 좋은 꽃자리 있을까.

사백 년간 여성은 전교당에 올라오지 못했고, 「국군은 죽어서 말한다」의 모윤숙 시인도 퇴계 위패 참배를 간청했지만, 퇴짜를 맞고 울며 돌아갔다 한다. 시대가 바뀌어 서울 용산에서 온 우리는 여성만 삼십 명이다. 옛 선비와 똑같이 전통 옷차림으로 퇴계 알묘까지 마쳤다. 빗속에 서서 전교당을 올려다본다.

체험이지만 여성 선비들 장하다. 순수하고 깊은 울림이 전하는

하나의 달이 천 개의 강을 비추듯

진심. 현대사회에서 절실한 선비 정신은 남녀노소 모두 몸과 마음 닦고 인격을 완성하여 도덕적인 사회를 만드는 것. 나 하나가 모여 우리가 체험하고 선비 정신으로 살아낸다면 살기 좋은 나라, 선비의 나라가 되리라 믿는다.

도산서원 빗줄기가 가늘어졌다. 가을비는 퇴계시 공원으로 가는 길도 함께했다. 시 강연을 들으며 비석에 새긴 시를 탁본하듯 쓰다듬으니 가을비가 시를 읊는다.

추적추적 추 추 추
가을날의 수채화 아름답도다.

참과 거짓에 관한 퇴계의 철학, 전교당에서 입교식, 퇴계 선생 묘소와 종택 방문하여 종손과의 대화, 퇴계시 공원 걸어와 보니, 올곧은 선비 정신으로 나 자신에게 변화가 생긴다는 것, 그것을 어찌 조선 시대 과거시험 합격 그림에 비하랴.

유네스코 세계유산에 등재된 도산서원의 가을비, 선비 옷자락 적시고, 선비문화 정신, 내 영혼 속에 스며들다.

(『청암문학』 2021. 가을호)

초대

남계서원

서울 양재동 옛골마을에서 청계산을 오르다 보면 이수봉(二壽峰)이 있다. 이 봉우리에는 정여창과 연관된 이야기를 새긴 기념비가 있다.

이수봉 해발 545M
조선 연산군 때의 유학자인 정여창 선생이 스승 김종직과 벗 김굉필이 연루된 무오사화의 변고를 예견하고, 한때 이 산에 은거하며 생명의 위기를 두 번이나 넘겼다 하여 후학인 정구 선생이 이수봉이라 명명했다.   ─ 2000.12. 삼적동 주민 일동이 세움 ─

서울역 KTX 17호 C 통로 측 역방향이다. 타임머신을 탄 기분이다.

한국 선비문화 연구원의 깊은 밤이다. 드넓은 잔디밭 마당에서 올려다본 하늘에 고요함 하나 둥그렇게 떠 있다. 총총한 별들이 반짝이는 그리움조차 들리는 듯하다. 은은한 달과 빛나는 별들의 그리움은 새날이 오는 길목을 밝히는 빛이겠다.

지리산 천왕봉이 보이는 연수원에서 맞이한 새벽. 산책에 나서니 토끼풀꽃이 반기고 오동나무꽃 아래 철쭉꽃이 활짝 피어 반긴다. 이념으로 가득한 서울 한복판에서 못나기만 했던 내 마음이 선비마을 꽃처럼 웃고 있다.

함양 남계서원은 2019년 7월 6일 유네스코 세계유산에 등재되었다. 경북 영주 소수서원에 이어 두 번째 사액서원(賜額書院)이다. 흥선대원군의 서원 철폐령에도 훼철되지 않고 존속한 서원 47개 중 하나이다.

조선 명종 7년(1552) 문헌공 정여창(1450~1504)의 학문과 덕행을 기리며, 후진을 양성하기 위해 서원 건립 논의가 시작되었다. 강익(姜翼)이 주도하여 당시 군수 윤확의 도움을 받아 서원 기본공사를 마치고, 명종 16년(1561) 2월에 유림대회를 가지면서 정여창 신위를 봉안했다.

명종 21년(1566) 6월 남계서원(灆溪書院) 편액과 서책을 하사받았다. 남계는 서원 앞들을 흐르는 시내 이름이다. 조선 왕조의 인물에 대한 사액서원(賜額書院)을 제일 처음으로 결정했다. 선조 30년(1597) 정유재란 때 불탔다가 1603년에 복원, 1612년에 중건했다. 숙종 때 강익과 정온을 추가 배향했다. 별사에 유호인과 정홍서를 배향했다가 1868년에 별사를 훼철했다.

서원의 건축 구성은 전저후고(前低後高) 지형에 전학후묘(前學後廟)의 배치 양식을 따랐다. 제향 공간에는 사당, 전사청, 내삼문이 있다.

출입문인 풍영루(風詠樓). 창건 당시 출입문 이름은 준도문(遵道文)이었다. 후에 다락집을 올려 현재에 이르고 있다. 누각에 올라서니 저 멀리 정여창의 생가 일두고택이 있는 개평마을이 보인다. 유생들은 누마루에서 맑은 공기를 마시며 시를 읊고 정담을 나누었다 한다. 마음도 푸르고 부드러웠겠다.

남계서원 현판이 있는 강당. 서원의 필수 공간인 강학 공간 명성당(明誠堂)이다. 명성(明誠)은 『중용(中庸)』의 밝으면 성실하다, 「명칙성(明則誠)」에서 취했다. 참되면 밝고 밝으면 참되어진다는 뜻이다. 조선 중기 학자인 강익이 쓴 '남계서원기'가 강당에 걸려 있다.

명성당 양쪽에 있는 방은 스승이 거주하는 곳이다. 오른쪽에 있는 방은 거경재(居敬齋)인데 항상 마음을 바르게 하고 몸가짐을 조심해 덕성을 기르자는 의지가 담겨 있다. 서쪽 방 집의재(集義齋)는 맹자가 말한, 항상 옳은 행위를 반복하여 실천하는 집이라는 뜻이다.

강당에서 내려다보면 동재와 서재가 있는데 유생들이 기거하며 공부하던 곳이다. 동쪽에 있는 동재는 양정재(養正齋)이다. 두 칸인데 한 칸은 온돌방이고 나머지 한 칸은 누마루 애련헌(愛蓮軒)이다.

서쪽에 있는 서재는 보인재(輔仁齋)이다. 유생들이 기거하며 공부하던 곳이다. 두 칸인데 한 칸은 온돌방, 나머지 한 칸은 누마루 영매헌(詠梅軒)이다. 애련헌과 영매헌은 연못을 파고 못 옆에 둑을 쌓아서 연을 구경하고 매화를 읊조릴 만하다는 뜻이다. 누마루에서 군자의 상징 연과 지조와 군자의 상징 매화를 가슴에 품었을 유생들은, 먼 훗날 유네스코 세계유산 등재, 짐작이라도 했을까. 뿌듯하겠다.

강당 곁에 있는 경판고(經板庫). 장판각이라고도 하는데 서원에서 보유하는 책이나 판각 등을 보관하는 곳이다. 『어정오경(御定五經)』 등의 서적을 보관했는데 현재는 박물관으로 옮겨서 보관하고 있다. 건물을 지면에 붙이지 않고 네 면을 터놓아 공기의 유통을 자유롭게 하여 판각을 보관하기 쉽게 했다. 일두 정여창은 많은 저술을 했지만 모두 소실되었고 『일두유집(一蠹遺集)』만이 남았다.

체험 선비들은 명성당 대청에 앉고 동재와 서재 마루에 앉아서 강연을 듣는다.

정여창은 동국 18현이며 조선 5현으로서 성균관을 비롯한 전국 234개의 향교와 9개의 서원에 제향되어 있는 조선 시대 성리학의 대가이다. 이른 나이에 아버지를 여의고 혼자서 학문에 힘쓰다가 이천에서 이관의 선생에게 배우고 김굉필과 함께 김종직의 문하에서 학문을 연구했다. 논어에 밝았고 성리학의 근원을 탐구하여 체용의 학(體用의 學)을 깊이 연구했다.

도학자인 동시에 성리학자로서 이기론(理氣論), 심성론(心性論), 선악천리론(善惡天理論) 등의 사상을 기초로 소학과 가례의 실천적 효행에 모범을 보였다. 특히 부모에 대한 효행은 삶의 전부였다. 정치에 있어서는 사림정치를 근본으로 하는 우주관과 인간관계에 기반을 둔 왕도정치(위민정치)를 실현한 실천 유학자였다.

성종 21년(1490) 별시 문과에 급제하여 연산군의 스승이 되었다. 연산군 4년(1498) 무오사화를 당하여 함경도 종성으로 유배되었다. 그곳에서 연산군 10년(1504)에 별세했다. 그해 갑자사화가 일어나 부관참시 되었다가 중종 12년(1517)에 복권되어 의정부우의정에 추증되었다. 조선 전기 사림파의 주자학적 학문을 계승한 것이어서 광해군 2년(1610) 문묘에 승무(陞廡)했고 후일 함양 남계서원에 배향되었다.

서원의 햇살이 늘어질 즈음 강의가 끝나고 제향 영역으로 향했다. 이곳은 제사를 지내는 공간으로 사당과 전사청이 있다. 남계서원은 서원의 제향 공간에 속하는 건물들은 서원 영역 뒤쪽에 자리 잡고, 강학 공간에 속하는 건물들은 서원 영역 앞쪽에 자리 잡은 조선 시대 대표적인 서원 건축 배치 형식이다.

사당은 서원 향사를 거행하는 곳이므로 이곳에 성현의 위패를 모셨다. 어느 공간보다 엄숙하고 경건한 곳이어서 단정한 복장을 갖추고 성현에 대해 예의를 갖추는 곳이다.

사당에서 내려오는데 배롱나무 한 그루, 깊게 휘어 경배하고 있다.

서울로 가는 KTX 17호 C 통로 측 정방향이다.

(『청암문학』 2022. 봄호)

아제르바이잔 바쿠에서

정읍 무성서원

거문고와 같이 줄로 이루어진 악기에 관악합주를 일컫는 표현이기도 한 풍류. 멋스럽게 노는 일이나 생활 태도를 뜻하기도 한다. 이 '풍류'라는 말을 최초로 사용한 이가 바로 최치원이다. 기록은 『삼국사기』에 있다.

> 나라에 현묘(玄妙)한 도(道)가 있는데, 이를 풍류(風流)라고 한다. 이 가르침을 베푼 근원은 선사(仙史)에 자세히 실려있는데, 곧 삼교(三敎)를 포함하여 중생을 교화한다.
> – 최치원, 「난랑비서(鸞郞碑序)」 부분 –

전북 정읍시 칠보면. 일곱 가지 보물이 있다고 하여 이름 붙여진 칠보면. 이곳에는 2019년 7월 6일 유네스코 세계유산에 등재된 정읍 무성서원이 있다.

마을로 들어서는 무성서원교를 지나 태극문양이 있는 홍살문 앞에 섰다. 낯설다. 다른 서원들과 다르게 한적한 시골 마을 중심부에 있는 무성서원. 홍살문 안으로 들어섰다. 가장 먼저 보이는 2층 누각 현가루. 그곳을 지나 경내에 들어서니 무성서원 현판이 걸린 강학 공간이 시원스럽게 펼쳐져 있다.

강당은 전면 다섯 칸 중 가운데 세 칸이 마루가 있는 공간이다. 강당 뒷면 벽체가 완전하게 탁 트였다. 뒤편엔 태극문양이 선명한 내삼문이 있다. 그 문을 지나면 만날 수 있는 태산사. '태산'은 이곳 정읍 칠보의 옛 지명이다. 이 사당에는 일곱 분의 위패를 모시고 있다. 원래 최치원을 기리기 위한 생사당(生祠堂) 태산사였다.

고운 최치원은 857년 출생했다. 열두 살(869년)에 당나라로 유학을 떠나 외국인 대상으로 하는 과거시험인 빈공과에 장원 합격했다. 그 후 10여 년간 이어진 황소의 난 때 역사에 한 획을 긋는 명문을 남겼다. 『계원필경』 20권 중 제11권의 첫머리에 수록된 「격황소서」의 일부이다.

대개 사람은 스스로 자신의 잘못을 깨닫는 것이 보통이다. 지난번 우리 조정에서 부끄러움을 무릅쓰고 너를 달래기 위하여 지방의 요직에 임명한 일이 있었다. 결국은 너는 은혜를 원수로 갚아 백번 죽어 마땅한 대역죄를 저지른 것이다. 그러고도 네 어찌 하늘을 두려워하지 않는단 말이냐?

황소가 격문을 읽다가 놀라서 의자에서 굴러떨어졌다.

최치원은 난이 끝난 뒤 그 공로를 인정받아 황제로부터 지금 어

대를 하사받았다. 스물여덟 살(885년)에 신라로 돌아와 헌강왕을 도
와 신라 사회에 무한한 애정과 관심을 가졌다. 믿고 의지했던 왕이
세상을 뜨자 육두품이라는 신분적 제한과 주변의 시기로 외직을 자
청했다.

　서른 살에 이곳 태산 군수로 내려왔다. 구체적으로 어떤 일을 어
떻게 했는지 기록은 없다. 하지만 이곳을 떠나자 태산 사람들이 최
치원을 기리는 생사당을 지었다.

　1615년(광해군 7) 태산사(泰山祠) 자리에 현지 선비들이 태산서원
(泰山書院)을 지었다. 1696년(숙종 22) 최치원과 신잠의 사당을 합치
고 무성서원(武城書院) 사액(賜額)을 받았다. 고운 최치원을 주벽에
모신 까닭에 1868년(고종 5) 흥선대원군의 철폐령에도 훼철을 피했
고, 전국 47개 서원 가운데 전라북도에서 유일하게 남았다.

　무성서원은 특별한 점이 있다. 한국을 대표하는 서원들은 대부분
마을과 떨어져 산수가 수려한 곳에 있는데, 무성서원은 이와 달리
지역민들의 터전과 맞닿아 있다. 마을 중심에 있는 서원을 민가들
이 울타리처럼 감싸고 있다. 그래서 서원의 건물 배치도가 다르다.

　서원에는 유식 공간인 정자와 강학당인 명륜당이 있다. 학생들의
기숙사 동재와 서재도 있다. 무성서원에는 동재와 서재가 없다. 서
재 자리에는 은행나무가 있고 학생들이 기거하는 동재인 강수재는
서원 담 밖에 있다. 서원이 마을 안에 있어서 기숙 시설이 중요하지
않아서란다.

무성서원 이름은 공자와 관련이 있다. 공자의 제자 자유(子游)가 노나라 무성(武城) 마을을 다스렸다. 자유가 백성들을 잘 다스린 덕에 거문고를 타면서 부르는 평화로운 노랫소리가 마을에 울려 퍼져, 이를 본 공자가 탄복했다. 그런 연유로 무성서원이라는 이름을 갖게 되었고, 평안한 마을의 노랫소리를 뜻하는 '현가'라는 이름의 누각을 서원 입구에 만들었다. 공자의 교화(敎化) 사상이 잘 드러나는 현가루(絃歌樓)이다.

강당 뒤 제향 공간 태산사에 모신 일곱 분의 위패 가운데 한 분은 조선 시대 「상춘곡(賞春曲)」으로 유명한 불우헌 정극인(1401~1481)이다. 1447년 정읍에 온 그는 초가삼간을 짓고 '불우헌'이라 이름 붙였다. 서른일곱 살에 이곳에 학당을 만들었다.

향약의 중심지이자 지역민들의 구심점 역할을 했던 무성서원. 참된 진리를 가르치고 사회윤리를 밝히기 위한 서원의 정신은 지역사회로 그 선한 영향력을 키워갔을 것이다.

무성서원이 지역에 미친 영향을 살펴볼 수 있는 자료가 있는데 정읍 태인에서 만든 책 『태인방각본』이다. 조선 시대에 민간 출판 인쇄 문화를 이끌고 독서 열풍을 일으킨 이 책에는 태인의 옛 이름인 태산군의 연혁과 풍습을 기록한 「삼강록」에 무성서원 이름이 있고, 『태인방각본』이 만들어진 배경에 무성서원이 있다.

무성서원 주변에 수많은 선비가 모여 살았다. 신라의 대문장가 최치원, 조선 시대 정극인이 있었기 때문에 태인칠보가 선비의 고장이라고 하지만, 선비들이 몇천 명이 모여들어서 살았기 때문에 선비의 고장이라 했다. 선비들이 많으니까 출판사가 생겼고 책방이 생겼다. 『논어』, 『맹자』, 『소학』 책을 만들어 판매했다. 장사가 잘되니까 하는 거고 그만큼 선비가 많았다는 뜻이다. 그런 전통으로 태산 선비문화의 고장이라고 한다.

강수재 앞에 '병오창의 기적비'가 있다. 항일 의병에 뜻을 모은 기록이다. 을사늑약. 1905년 일본이 한국의 외교권을 박탈하기 위해 강제로 체결한 조약이다.

1906년 6월 4일 일흔네 살의 선비, 면암 최익현(1833~1906)을 중심으로 병오창의가 일어난 곳이 무성서원이다. 서원이라는 게 단순히 모여서 공부를 하고 학점 주고, 공부 잘하고 그런 게 아니라, 지역사회에 연결해서 사회 문제에 관련이 된 거다.

무성서원에서는 매년 최치원을 비롯해 일곱 분을 기리는 향사를 거행한다. 서원에서 가장 중요한 행사 가운데 하나인 향사와 관련해 일대 사건으로 평가받는 일이 있었다.

2021년 3월 30일 무성서원 춘계 향사. 무성서원 역사상 처음으로 서원 제사인 춘계 향사에서 여성이 초헌관(初獻官)을 맡았다. 초헌관은 제사 때에 첫 번째 술잔을 올리는 일을 맡아 하는 임시 벼슬이다. 초헌관에 임용된 이는 이배용, 한국의 서원 통합보존관리단 이사장이다.

무성서원을 비롯한 한국 서원 아홉 곳이 유네스코 세계유산에 등재될 수 있도록 견인차 역할을 한 공로를 인정받았기 때문이다. 한국의 서원 세계유산 등재를 이끈 공로로 2020년 안동 도산서원 추계 향사에서 초헌관을 맡은 이후 두 번째 영광이다. 신선하다.

청빈하고 고고한 선비의 정신이 느껴지는 무성서원. 크고 화려하지 않지만, 선비의 모습처럼 반듯하고 담백한 분위기를 느끼게 하는 강당. 탁월한 보편적 가치. 그 속에 가장 중요한 완전성과 진정성. 원형이 살아 있고 세웠을 때의 설립 정신이 그대로 계승되어 온 무성서원.

"제43차 세계유산위원회는
'한국의 서원'의 세계유산 등재를 선언합니다."

2019년 7월 6일(현지시각) 오후.
아제르바이잔 바쿠에서 한국의 열네 번째 유네스코 세계유산이 탄생하는 순간이다.

최치원의 위패를 모시고 제사 지내는 무성서원.
하늘도 구름도 뒷산 나무도 배웅한다.
태극문양 홍살문 나서는데.

(『청암문학』 2023. 봄 · 여름호)

철쭉 필 무렵

향가 「헌화가」

심곡 바닷가.

저 멀리 푸른 바닷바람 타고 밀려오는 물결. 힘차게, 힘차게 최대한 높이 솟아올라 거북바위를 덮는다. 눈부신 비단 치맛자락 부서지는 파도 향기. 경쾌한 물결 리듬에 맞추어 거북바위와 파도의 사랑놀이. 변하지 않을 바닷가 풍경이다.

묵묵히 내려다보고 있는 암벽. 깎아지른 듯 높이 솟아 벽과 같은 자줏빛 바위 올려다보니, 위에 정자가 있다.

병풍 같은 바위 옆으로 나무 계단이 있다. 가파른 계단을 오르는데 숨이 차 심장이 터질 것 같다. 팔각정자까지 40m인데 무릎도 뻑뻑하다. 드디어 정자에 올라섰다. 바다와 헌화로(獻花路)가 한눈에 내려다보이는 헌화정(獻花亭)이다.

산과 바다 사이를 지나는 길. 경주에서 강릉으로 이어지는 길.

신라 성덕왕 대에 순정공(純貞公)이 강릉 태수로 발령받았다. 경주에서 오다가 거북바위와 파도가 놀고 있는 바닷가에서 점심 식사 중이다. 옆에는 바위가 병풍처럼 둘러쳐져 있다. 높이가 천 길이나 되고, 절벽 위에는 철쭉이 활짝 피어 있다.

순정공의 부인 수로(水路)가 그것을 보고서 주위 사람들에게 말한다.

누가 내게 저 꽃을 꺾어 바치겠소?

따르던 사람이 말한다.

사람이 오를 수 없는 곳입니다.

다들 나서지 않았다. 옆에서 암소를 끌고 지나가던 노인이 부인의 말을 듣고 그 꽃을 꺾어와서 가사(歌詞)도 지어 함께 바친다.

> 자줏빛 바위 가에
> 암소 잡은 손 놓게 하시고
> 나를 아니 부끄러워하시면
> 꽃을 꺾어 바치겠나이다

헌화가(獻花歌)를 바친 그 노인이 어떤 사람인지 아무도 모른다.

헌화가 그림이 기억난다. 일연의 『삼국유사』에 있는 수채화 같은 수로부인 이야기에 맞게 그린 거다. 노인이 꽃을 바치는 모습에서는 공손함, 수로부인이 꽃을 받는 모습에서는 겸허함이 담겨있다.

헌화정에서 내려다보이는 바닷가 자줏빛 바위 아래에서, 헌화가가 탄생하는 순간을 그린 그 한 장의 그림은 두메산골 노부부 모습이다.

하나의 달이 천 개의 강을 비추듯

그랬다. 헌화정 바닥 닮은 마루 끝에 서서 미루나무 즐비한 산모통이를 내려다보았다. 소가 보이면 아버지도 보였다. 언제나 소가 먼저 대문 안으로 들어서고 아버지가 뒤에 들어오셨다. 소 모는 아버지 지게 위 꽃들은 걸음에 맞추어 들썩들썩 예뻤다. 나리, 패랭이, 들국화를 마루에서 부엌으로 들어가는 작은 문 앞에 놓으셨다. 어머니께 드리는 들꽃다발이다. 까치 그림도 같이 놓으셨다.

어머니는 그 작은 문으로 다니지 않으셨다. 마루에서 봉당으로 내려와 부엌 정문 빗장을 열고 들어가셨다. 아버지는 들꽃다발을 은근히 들여놓고, 어머니는 은근히 보기만 하셨다. 이제는 마음으로만 보이는 충청도 두메산골 노부부 모습이다.

일연은 경산에서 태어나 전라도와 강원도에서 공부했다. 강화도와 개성까지 오가면서 견문을 넓혀 『삼국유사』에 답사기 형식을 취한 것이 많다. 직접 체험하고 얻은 느낌을 첨가하여 생생하게 적었다. 생동감 넘치는 이야기는 글로 쓴 수채화다.

철쭉꽃의 꽃말이 사랑의 기쁨이란다. 사랑은 주어도 좋고 받아도 좋다.

철쭉은 고향의 꽃. 수로부인이 고향 떠나 타향으로 가다가 잠시 쉴 때 눈에 들어온 꽃. 고향의 꽃을 갖고 싶은 마음 드러내니, 소 몰고 지나던 노옹, 암벽 타기에 능하니 꺾어 바쳤을 것이다. 사람이 사람에게 예를 다할 때 아름답다. 고향의 꽃 꺾어서 노래하며 바치니 고향의 꽃길, 헌화로가 생겼다.

고향의 꽃, 헌화가를 받은 수로부인은 고향이고 우주를 움직이게 하는 어머니라는 생각을 한다. 암소 끌고 나타난 노인은 신라의 남성, 배려하는 남성의 상징으로 와 닿는다.

헌화정에서 내려오는 길도 위험하긴 마찬가지다. 향가, 고향의 노래 헌화가가 탄생한 헌화로. 자줏빛 바위 아래에서 암소 모는 노인과 수로부인의 지극히 아름다운 모습이 그려지는 헌화로. 일연이 인간다운 노인의 순수한 정신을 가장 자연스럽게 글로 생생하게 펼치고 있는 헌화로. 그곳에서 병풍 같은 바위 위를 올려다본다.

노옹이란 나이 들어 늙은 사람이 아니라 현명한 사람, 존경하는 사람을 뜻한다고 한다.

고향의 꽃을 탐하는 내게 꽃 바치는 노옹 되리. 내가 나를 모르는 나는 절대미(美)를 아는 로맨티시스트 되리니, 대자연도 알아주는 고향의 어머니 수로부인 있다면 기꺼이 꽃 바치리. 헌화가 바치리. 철쭉 필 무렵.

(『계간 현대수필』 2022. 봄호)

넌지시 말하여 깨우치는 노래

향가 「풍요」

노르스름하게 잘 익었다.

시멘트 마당에 맞닿은 담 아래 청포도 나무 자리. 황토가 있는 가로, 세로 70cm 정도 되는 자리. 서른 살이 넘은 청포도 넝쿨은 삼층 베란다로 올라가 잎이 무성하니, 그늘 없는 자리.

씨앗 뿌린 적 없는 땅에서 새싹이 올라왔다. 파랑 나비 닮은 달개비 꽃 속에서 꼿꼿하게 자란 건 신기하게도 낯익은 들깨 모다. 씨앗 한 알 어디에서 왔을까.

황토가 숨 쉬는 곳에서 포도나무와 들깨가 살았다. 얼마 후 봉선화 한 포기가 들깨 꽃대 사이로 올라왔다. 봉선화는 해마다 삼 층으로 올라가는 계단에 있는 분에서 꽃 피고 열매 맺었는데 아마도 자주 드나들던 바람이 씨앗 한 알 옮겼나 보다.

들깨는 새싹부터 들깨 향이 났다. 꽃대가 옆으로 위로 보란 듯이 쑥쑥 자랐다. 흙이 들깨 모를 처음 맞이해서 양분이 좋은가 보다. 이파리도 무성했다. 가까이 보아야 보이는 깨꽃이 소담스러웠다. 하양

꽃의 짙은 향기는 계단을 오르내리며 대문도 드나들었다.

참새도 까치도 향기를 아는가. 삼 층 베란다에서 청포도 넝쿨을 타고 오르내리며 술래잡기라도 하는 양, 떠들썩하다. 그러다가 우르르 아래로 내려와 들깨, 봉선화, 포도나무 곁에서 폴짝거린다. 청포도꽃 필 때처럼 나비도 사뿐사뿐한다. 기척은 알면서도 야속한 마음은 모르는가 보다. 다가가려는 찰나에 담 밖으로 날아간다.

엄마의 푸르고도 젊은 시절. 보슬비 내리는 일요일이면, 뒤뜰에서 자란 들깨 모를 가지고 집 앞에 있는 밭으로 갔다. 비료 포대 쓴 동생과 나는 호미로 부드러워진 흙을 파고 모를 심었다. 그 사이 엄마는 쟁반에 들기름 바르고 강낭콩 듬뿍 넣은 밀가루 반죽을 펼쳐서 쪄놓으셨다. 들기름 향 은은한 보드라운 빵, 부옇게 안개 낀 앞산 산등성 오르내리는 구름 같은 빵이었다.

엄마의 푸르고도 젊은 시절. 가을볕 좋은 일요일이면, 어린 우리는 짚을 깨끗하게 다듬어서 깨밭으로 갔다. 깻잎을 열 장 정도 따서 반으로 접고 깻잎 다치지 않게 짚으로 살짝 묶었다. 깻잎 묶음이 바구니에 가득해질 무렵, 들깨밭으로 고소한 냄새가 은은히 퍼져왔다. 깻잎 바구니 들고 대문 안으로 들어서면, 쟁반에 들기름 두르고 찐 케이크 빵이 마루에서 기다렸다. 감나무 꼭대기에 앉은 구름 같은 빵이었다.

며칠 후, 엄마는 절인 깻잎을 물에 씻고 살짝 데쳐서 또 씻고 물기를 뺐다. 낱낱이 바른 양념 빠져나가지 않게, 한 번 먹을 만큼씩 삶은 짚으로 묶었다. 항아리에 차곡차곡 넣고 예쁜 돌 하나, 앞산 뒷산 가을바람, 까치들의 합창 들여놓고 묵직한 뚜껑을 덮었다. 겨울 풍경화 한창일 때 먹을 깻잎 김치 향기는 엄마의 향이었다.

통통하고 잘 익었다. 햇살도 빛나는 오후, 반짝반짝 노랗다.

엄마의 푸르고도 젊은 시절. 이쯤이면 깨를 베었다. 멍석 위에 마른 깻단을 놓고 도리깨로 털었다. 깻대는 사랑채 나뭇간에 들여놓고 불쏘시개로 썼다. 쇠죽 솥 아궁이에서 깻대 타는 냄새, 초가마을 돌담길 따라 거닐던 냄새가 먼 훗날 내 영혼 속을 거닐고 있다.

엄마는 깨를 씻어 말렸다. 메주 쑤고 김장하고 가을 떡도 했다. 기름 짜러 가는 일만 남았다고, 동네 아주머니들과 같이 간다고 했다.

초등학교 2학년 수업이 끝났다. 학교에서 가까운 기름 방앗간으로 갔다. 문턱을 넘어서려는 찰나, 내 영혼에 콕 박힌 건 한 송이 목화꽃이었다. 들깨를 머리에 이고 십 리도 넘는 길 걸어서 온 동네 아주머니들 속 엄마. 눈부시게 맑고 빛났다.

방앗간 작은 방에 차려놓은 밥상은 방앗간으로 몰려온 우리가 먹을 점심이란다. 엄마와 아주머니들은 낮고 좁은 마루에 나란히 걸터앉아서 밥 먹는 우리를 보고 있다. 밖에서 엄마와 나와의 가장 한가한 순간이다. 가장 따끈한 방, 가장 맛있는 밥과 가장 상큼한 총각김치, 가장 너그러운 방앗간 아주머니로 내 영혼 속에 각인됐다.

구십 세의 꽃잎 접으실 무렵. 김장하고 한가하게 식사했다. 방앗간에서 먹은 총각김치가 생각난 건 당연했다. 엄마 찾아온 아이들에게 주려고 밥상 차려놓은 방앗간 아주머니를 추억했다. 엄마가 소리 없이 맑게 웃었다. 그리고 민망한 듯 말했다.

"그 밥, 엄마들에게 나온 건데 아이들 오면 먹이자고 그대로 둔 거야."

어쩌면 그럴까.

"그 밥, 엄마들 거였대."

바람결에도 듣지 못했다.

방앗간에서는 먼 데서 기름 짜러 온 사람들에게 점심을 주었다. 엄마와 아주머니들은 당연히 드신 줄 알았다. 밥과 총각김치, 원래 우리 몫인 줄 알았다.

들깨와 총각김치는 때와 장소를 가리지 않고 방앗간 풍경을 불러왔다.

전기도 들어오지 않는 외딴 방앗간. 작은 창으로 들어오는 햇빛. 기름 짜는 방앗간 아주머니 뒷모습. 들기름 짜는 동안이 가장 한가한 모임이었을 아주머니들 속 서른다섯 살 즈음의 엄마. 그리고 풍요.

『삼국유사』권 4, 「양지가 지팡이를 부리다」에 있는 풍요.

신라 선덕왕(善德王) 때에 승려 양지(良志)가 자취만 나타냈다. 지팡이 끝에 포대 하나를 걸어두면, 지팡이가 저절로 날아서 시주하는 집으로 가 흔들면서 소리를 냈다. 그러면 그 집에서 양지가 보낸 것인 줄 알고 재 올릴 비용을 담아 주었고, 포대가 차면 날아서 되돌아왔다. 그래서 그가 머무는 절을 석장사(錫杖寺)라 했다.

　신기하고 괴이한 양지는 또 글씨에도 뛰어났다. 영묘사와 법림사의 현판을 썼다. 벽돌을 조각하여 작은 탑 하나를 만들고 삼천 개의 불상을 만들어 그 탑을 절 가운데 모시고 예를 올렸다. 그가 영묘사의 장륙을 빚어 만들 때 스스로 선정(禪定)에 들어갔다. 잡념 없는 상태에서 진흙을 주물러 만들었기 때문에 온 성안의 남녀들이 다투어 진흙을 날라 쌓으면서 풍요를 불렀다.

　　오라, 오라, 오라.
　　오라, 슬프구나.
　　서럽구나, 우리들은!
　　공덕 닦으러 오라.

　일연이 양지 글을 쓸 때까지도 그곳 사람들이 방아를 찧거나 다른 일을 할 때, 이 노래를 불렀단다. 하여 아마도 여기에서 비롯된 것으로 보인다고 했다.

　어디에서 왔는지 모를 들깨 씨앗 한 알, 터 잡고 자라서 잘 익은 들깨가 불러왔다.

　꽃잎 접고 별이 된 방앗간 풍경 속 아주머니들과 내 어머니.

　넌지시 말하여 깨우치는 노래. 신라의 향가 풍요(風謠).

(『계간 현대수필』 2022. 겨울호)

사라진 왕국, 조문국

경상북도 의성군 금성면 금성산에 도착했다. 햇살이 반짝이며 마중하고 공기도 상쾌하게 반긴다. 어쩌면 2천 년 전 고대 왕국 날씨를 만난 기분이다.

언덕같이 야트막한 금성산 아래에는 조문국(召文國)이 있었다. 의성 사람들은 금성산을 영험한 산이라고 불렀다. 아마도 2천 년 전에도 마찬가지였나 보다. 조문국도 영험한 금성산을 중심으로 강성한 고대 국가로 발전하지 않았을까, 하는 생각이 들었다. 지금은 역사의 뒤안길로 사라지고 없지만, 삼한 시대에 강성했던 왕국이 금성산 주변에 터를 잡고 세를 불렸다. 바로 의성의 뿌리이면서 정신이라 불리는 조문국이라는 나라이다.

2020년 4월 1일 금성면 고분군을 국가지정문화재 사적 제555호로 지정했다. 이 주변에 320여 기의 고분이 산재해 있는 만큼 조문국은 굉장히 넓은 고대 국가였다.

매년 4월 의성 사람들은 고총 앞으로 모여 향사를 지내고 있다. 제사에 모여든 사람들은 무덤의 주인이 고대 의성에 존재했던 조문국의 왕이라고 믿고 있다. 의성이 신라의 영역으로 편입되기 이전, 적어도 4백 년 이상 독자적인 영향력을 가졌던 고대 제국이 의성에 존재했지만 잊혀 있었다는 것이다.

조선 시대 한 선비의 꿈을 바탕으로 고총의 주인을 통일신라 경덕왕과는 다른 조문국 경덕왕으로 지목해 비석까지 세웠다.

문소 내력을 누구와 의논하리오
천년이 지난 오늘 경덕분이 뚜렷하도다
비봉곡조 노래하던 이들 볼 수 없고
조문금 타던 그 소리도 지금은 묘연하구나

금성면 고분군이 내려다보이는 곳에서 말하는 경덕왕은 조문국왕이다. 조문국의 공식 기록이 『삼국사기』 권 2에 있다.

'벌휴왕 2년(AD185) 2월 파진찬 구도와 일길찬 구수혜를 좌우 군주로 삼아 조문국을 벌했다.'

의성 사람들은 사료에는 거의 없는 조문국의 흔적을 공유하고 있다. 그것은 의성 곳곳에 남은 조문국과 연관된 설화이다. 설화 속 조문국의 군사력은 막강했다. 훨씬 후대이지만 조선 시대의 선비들도 조문국에 대해 기록했다. 또 다른 기록에는 조문국이 조문금을 가질 만큼 활달한 문화를 누렸다는 내용이 있다.

의성은 수로 보나 크기로 보나 신라와 대가야와 견주어도 손색없을 정도이다. 이곳 조문국 사적지 일대만 해도 수십 기의 대형 고분이 광활하게 펼쳐져 있다. 얼핏 봐도 규모가 대단하다. 그러나 죽은 자의 집이라는 봉분이 이렇게 많은데도 사적 제한의 고분들은 두렵거나 꺼림칙하지 않다. 잘 정돈된 산책길 사이로 하나 지나가면 또 하나 나타나는 고분이 마치 작은 언덕 같다. 계속해서 고분이 나타나는데 3호 고분, 5호 고분, 34호 고분 이렇게 숫자로 번호가 매겨져 있다.

금성면 고분군에 약 320여 기가 있다. 이 부근 대리리 고분군만 해도 약 40여 기이다. 조문국 사람들이 남긴 많은 고분은 그들의 역사와 문화가 얼마나 찬란한 것이었는지 말없이 증언하는 귀중한 자료이다.

조문국 사적지 가운데에서도 특별한 고분이 있다. 숫자가 이름을 대신하고 있는 여느 고분과 다르게 제대로 된 묘석을 가지고 있다. 이곳 조문국 10대 왕으로 추정되는 경덕왕릉(景德王陵)이다.

금성면 고분군 가운데 유일하게 주인이 알려진 1호 고분 경덕왕릉에는 지금까지도 신비한 설화가 있다.

오극겸 노인이 여기에서 참외밭을 갈다가 낮잠을 잤다. 꿈에 신령스러운 노인이 나타나서 호통을 쳤다.

"네 이놈, 내 집에 왜 말뚝을 박느냐, 빨리 뽑아내고 나를 위한 제사를 지내거라."

깜짝 놀라서 일어나 보니 왼쪽 팔에 글씨가 쓰여있었다. 노인은 글을 잘 몰랐다. 씻어도 씻어도 지워지지 않으니 현령을 찾아가서 팔에 있는 내용을 보여주었다. 이우신 현령이 풀이해보니까 이런 내용이었다.

召文王事與誰論 (조문국 임금의 일을 누구와 함께 의논하랴)
千載猶存景德墳 (천년이 지나도록 경덕왕의 무덤만 남았구나)
飛鳳曲終人不見 (비봉곡도 사라지고 사람은 볼 수 없으니)
召文琴去香難聞 (조문국의 거문고도 가버리고 소리조차 들을 수 없구나)

그래서 현령도 '보통 능이 아니구나' 하고 생각하였는데 마침 그날 저녁 꿈에 경덕왕릉이 딱 열리면서 금관이 쫙 나타났다. 그 이후 이우신 현령 때부터 향사를 지내기 시작하여 지금까지 지내고 있다.

또 하나는 미수 허목의 문집에 기록으로 전해지고 있다.

한 농부가 오이밭을 갈다 커다란 구멍을 발견하고 그 안으로 들어갔다. 그리고 금칠을 한 석실 한가운데에서 금관을 쓴 금소상(金塑像)을 보았다. 욕심이 난 농부가 금관을 벗기려 하자 손이 금관에 붙은 채 떨어지지 않았다. 그날 밤 의성 군수의 꿈에 한 노인이 나타났다.

"나는 경덕왕이다. 이 무덤을 개수 봉안토록 하여라."

이후 봉분을 쌓고 관리했다. 1725년(영조 원년) 현령 이우신이 경덕왕릉을 증축하고 하마비 등을 세웠고 그때부터 왕릉 제사를 지냈다.

이러한 몇몇 설화를 제외하면 사료 속에 나타난 조문국은 단 몇 줄이 전부이다. 하지만 그것으로 이 나라를 정의할 순 없다. 고분발굴과정에서 찾은 수많은 유물이 조문국의 실체를 말해주고 있기 때문이다. 자칫 묻혀버릴 뻔했던 조문국의 존재가 고분을 통해 세상 밖으로 나온 셈이다.

경덕왕릉 위에서 가을 햇살이 노닐고 있다. 반짝반짝. 2천 년 전 왕의 눈빛 같다. 햇살에도 격이 있어 보인다.

고분 전시관은 대리리 3호 고분 옆에 있는데 에스키모의 집 같다. 2009년 5월부터 2010년 9월 30일까지 발굴한 대리리 2호 고분의 내부 모습을 재현해놓았다. 대리리 2호 고분의 유구와 출토 유물, 순장 문화를 통해 당시의 매장 풍습을 낯설게 만나고 헤어졌다.

의성의 조문국은 밝혀진 것보다 밝혀져야 할 것이 더 많은 한반도 고대사에 중요한 축이다. 아직 의성에는 햇빛에 드러나길 기다리는 수백 기의 고통이 남아있다. 2천 년 전의 문명. 고대 국가 조문국의 실체가 밝혀지는 날, 한반도의 고대사는 다시 써야 할지도 모른다.

고분에서 고분으로 이어지는 완만한 곡선과 맑은 하늘 아래 평탄한 산책로, 그러다 가끔 만나는 노랑 꽃길, 조문국 사적지는 옛사람들의 봉분이 모여 있는 장소가 아니라 잘 정돈된 공원 같다. 이 모든 광경을 조망할 수 있는 조문정(召文亭)은 사적지 중앙에 있는 예쁜 정자이다. 금성면 고분군이 한눈에 다 보인다.

옛사람들이 잠든 곳이 이렇게 평온하고 아름다울 일인가.

조문국 사람들이 일상으로 살아나온 듯한 정말 아름다운 풍경이다.

비록 문헌의 굵직한 기록을 남기지 못했어도 역사 아닌 것은 없다. 의성 금성산 아래 2천 년 세월이 고요히 누워있는 금성면 고분군에는 고대의 조문국 사람들이 있다.

(『미래시학』 2022. 겨울호)

최초의 한류, 최치원

　백두대간 인문 캠프 2일 차. 숙소 뜰에 핀 벗나무 단풍, 새파란 하늘을 배경으로 맑게 물들었다. 맑은 하늘에 구름도 한 점 떠 있다. '단 한 번의 인생, 어떻게 살 것인가.' 개개인의 삶이 역사가 되고, 역사는 사람을 만나는 인문학이다.

　고운사는 구름을 타고 오른다는 뜻의 등운산(騰雲山)에 있다. 통일신라 신문왕 1년에 화엄종의 시조인 의상대사가 창건했다. 원래 고운사(高雲寺)였다. 신라 말 신선이 되었다는 고운 최치원이 머물면서 가운루(駕雲樓)와 우화루(羽化樓)를 세웠다. 이후 최치원의 자 '고운(孤雲)'을 빌려서 '고운사(孤雲寺)'로 바뀌었다.

　고운사에서 사행시 백일장을 치른다. 나는 정선아리랑 기차 안에서 '최우수'로 호명되어 환호의 박수를 받은 이후, 사행시 백일장에 참여하지 않는다. 입상자 안에 든다 해도, 그 안에 들지 못해도 민망하기는 마찬가지여서이다. 진행자가 의성에서 합류한 학생을 호명하고, 참가자들의 축하하는 환호와 박수 소리가 메아리친다.

　최치원 문학관은 2019년에 준공했다. 신라의 대학자인 고운 최치원의 학문과 사상을 기리기 위해 설립했다. 최치원은 오늘날로부터 1,100년 전에 살았던 사람이다. 신라에서 태어났고 어려서부터 무척 똑똑했다. 열두 살 때 나라의 장학생으로 뽑혀 중국의 당나라로 유학 갔다. '남들이 백의 노력을 하면, 자신은 천의 노력을 한다(人百己千)'는 정신으로 공부하여, 6년 만에 당나라의 과거(科擧)인 빈공 사시에 장원 급제했다.

　　人生四喜(인생사희)
　　七年大旱逢甘雨 (칠 년 동안 기나긴 가뭄 끝에 단비가 내렸을 때)
　　千里他鄕遇故人 (천리 타향 머나먼 곳에서 고향 사람 만났을 때)
　　無月洞房華燭夜 (달도 없는 어두운 밤 방 안에 촛불을 밝혔을 때)
　　少年登科挂名時 (소년 시절 과거에 급제하여 이름이 올려질 때)

　최치원은 고향을 떠나 당나라에서 외롭게 공부하는 동안, 큰 기쁨을 주었던 네 가지 인연을 人生四喜(인생사희)라는 시로 표현했다.

　급제 후 지방관인 율수현위로 일했다. 높은 관직에 오르기 위해 박학굉사과에 시험을 보려고 했으나, 당나라가 어려워지면서 시험이 없어지고 최치원은 점차 생활이 어려워졌다. 평소에 그의 재능을 알고 있던, 글을 쓰는 친구들이 고병(高駢)에게 최치원을 소개했다. 최치원은 당나라 병마도통 고병의 종사관이 되었다. 당시에 당나라에서는 황소의 난이 일어났다. 최치원은 황소를 꾸짖는 격문을 썼고 이를 많은 사람이 보게 되었다.

오직 세상의 사람들이 너를 죽여 시체를 늘어놓으려고 생각한 것이 아니라, 땅속의 귀신들까지 너를 죽이려고 이미 의논했을 것이다.

「격황소서」 내용 가운데, 이 구절을 읽은 황소가 놀라 자기도 모르게 의자에서 내려왔다고 하여, 이규보가 크게 내세운 내용이다.

최치원의 뛰어난 실력을 신라에서도 펼치기를 바랐다. 헌강왕은 그가 돌아오기를 원했다. 최치원이 스물여덟 살 되던 해에 당 희종은 신라 사신이라는 이름을 내리고 귀근(歸覲)을 허락했다.

신라로 돌아오자마자 당나라에서 지내며 쓴 글을 『계원필경』 20권으로 써서 헌강왕에게 바쳤다. 일만 수 이상 방대한 분량으로, 당나라가 처해있던 정치, 경제, 군사, 문화적 상황을 사실적으로 반영하고 있는 책이다. 이로 인해 헌강왕에게서 시독 겸 한림학사 수병부 시랑지서서감사의 관직을 받아 중앙정부에서 일했다.

신라 말기의 어지러운 상황에서 주변의 시샘으로 최치원은 중앙정치에 참여하기 어려웠다. 중앙정부에서 내려와 지방관이 되어 서산, 태인, 함양의 군수를 지냈다. 왕의 명령으로 신라에서 중요하게 생각하는 세 명의 승려와 한 곳의 절을 쓴 『사산비명(四山碑銘)』은 특별히 많은 자료를 살펴보면서 여러 번 고쳐 썼다.

894년에 정치를 새롭게 바꾸기 위한 「시무십여조」를 진성여왕에게 올렸다. 능력에 따라 인재를 등용해야 한다는 개혁 의지는 받아들여지지 않았다. 그 후 세상을 떠돌던 가야산 홍류동 농산정 계곡에 은둔한 채 세상을 등진 것으로 알려져 있다. 그렇다면 그것은 패배적 현실 도피였던 것일까. 그의 은둔은 최치원 나름의 현실적 참여 방식이었다.

僧乎莫道靑山好 (스님이시여, 청산이 좋단 말 마오)
山好何事更出山 (산이 좋다면 무슨 일로 다시 나온단 말이오)
試看他日吾蹄躅 (두고 보시오 뒷날 나의 자취를)
一入靑山更不還 (한 번 청산에 들면 다시는 나오지 않으리니)
　　　　　　　　　　　- 최치원, 「贈山僧 : 어느 산승에게」 전문 -

외로운 천재 사상가이자 개혁가는 산으로 들어가 신선이 되었다. 그리고 천 년이 지났다.

해마다 10월이면 중국에서 열리는 최치원 고유제. 한중수교 15주년이 되던 2007년, 중국 양조우시는 장대한 당성 안에 최치원 기념관을 건립했다. 중국 정부가 인정한 최초의 외국인 기념관이다. 중국 향토교과서에 실린 최치원은 고대 당나라와 신라의 문화교류를 선도한 인물이며, 현재는 중국과 한국의 문화교류에 있어 정신적인 측면에서 상징적인 존재이다.

최치원은 불과 스물다섯 살 나이에 중국에서 문필대공으로 큰 명성을 얻게 되어 한중일 동아시아 한문학을 이끌었다. 『계원필경』
이 중국의 『신당서』에 실렸다. 일본 국립역사민속박물관에 있는 『천
재가구』에는 최치원의 시 9편이 수록되어, 열다섯 번째로 많은 시
가 실렸다. 당나라 때 활약하던 문인들의 칠언절구의 아름다운 시
1,083편, 봄 여름 가을 겨울 주제별로 분류돼 후학들이 시를 짓는
데에 도움을 주고 있다.

일만 권의 장서를 갖춘 최치원 도서관. 인문학 콘텐츠로 되살아
난 최치원의 정신. 9세기의 세계인 최치원, 21세기로 소환되어 진
정한 한류로 영원히 기억될 것이다.

개혁가이자 창조적 문화수용자 최치원.

그는 천 년 전 한중문화교류의 상징, 최초의 한류이다.

(『리더스에세이』 2023. 신년호)

강화학파의 발자취를 찾아서

　강화의 날씨, 약간의 비 소식이 있다. 우산 준비, 마스크 착용하고 여분 마스크도 지참했다.

　삼랑성은 정족산성이라고도 한다. 성을 쌓은 연대는 확실하지 않지만, 단군이 세 아들 삼랑에게 성을 쌓게 하고 이름을 삼랑성이라 했다는 기록이 『고려사』에 있다. 국가사적 제130호로 지정되어 있다.

　삼랑성 안에 있는 전등사. 고구려 소수림왕 11년(381)에 아도화상이 창건하고 '진종사(眞宗寺)'라 했다. 그 후 고려 충렬왕비 정화궁주가 이 절에 귀한 옥으로 만든 등을 시주했다 하여 전할 전, 등불 등을 써서 '전등사(傳燈寺)'로 개명한 사찰이다.

　고려 시대에는 임시로 지은 궁궐이 있었다. 조선 시대에는 조선왕조실록을 보관하는 정족산 사고와 왕실의 족보를 보관하는 선원보각이 있었다. 1866년 병인양요 때 양헌수 장군이 이끈 군대가,

동문과 남문으로 공격해오던 프랑스군을 무찌른 곳이다. 동문에는 1873년(고종 10)에 세운 양헌수 승전비가 있다.

대조루 밑을 지나면 정면에 보물 제178호 대웅보전이 있다. 네 개 기둥에 있는 주련. 순간만이라도 마음에 담는다.

佛身普邊十方中(불신보변시방중) — 부처님은 온 세상에 두루 계시며
月印千江一切同(월인천강일체동) — 천 개의 강에 달그림자 비춤이 모두 같고
四智圓明諸聖士(사지원명제성사) — 사지에 원만히 밝으신 모든 성인들이
賁臨法會利群生(분림법회이군생) — 법회에 왕림하시어 모든 중생 이롭게 하시네

안에는 1544년 정수사에서 개판한 「법화경」 목판 104매가 보관되어 있다.

정족 사고는 대조루에서 대각선으로 왼쪽에 있다. 본래의 정족산 사고는 1931년 무렵 주춧돌과 계단석만 남고 없어졌다. '장사각'과 '선원보각' 현판만 전등사에 보관되어 있었다. 장사각 건물은 1999년 복원했다. 정족산 사고에 보관했던 조선왕조실록은 세계에서 유일하게 활자로 인쇄했다. 1973년 12월 31일에 국보 제151호로 지정되었고 1997년 10월 1일 유네스코 세계기록유산으로 등록되었다.

고려 임시 궁궐터는 정족 사고 오른쪽 길 끝 산기슭이다. 고려가 몽골의 침략을 받아 강화로 도읍을 옮겼을 때인 1259년에 세운 궁궐터이다. 한때는 임금이 머물며 대불정오성도량을 열었다. 하지만 39년의 항쟁 끝에 고려 조정은 다시 개경으로 환도했고 강화도

에 남았던 고려의 문화유산은 몽골군에게 불태워지거나 훼손되었다. 널찍한 공터가 고려 시대의 풍상을 느끼게 한다. 전등사를 에워싼 삼랑성을 나오는데.

양명학의 마지막 강화학파 학자 이건창(1852~1898)의 생가. 대문을 들어서니 푸른 산 아래 'ㄱ'자 형태의 초가에 명미당(明美堂) 현판이 걸려 있다. 대청 아래 의자처럼 있는 돌 위에 앉아서 이야기 듣는다.

양명학은 지식과 실천의 일치를 주장하는 지행합일의 학문이다. 이건창은 숙종 말년 강화도에서 학문을 닦은 정제두의 양명학적 학풍을 이은 조선 후기의 학자다. 열다섯 살 때 문과에 급제한 후 강직한 성품으로 고종의 신임을 받았다. 문학적으로는 김택영에 의해 여한9대가(麗韓九大家)의 한 사람으로 꼽혔다. 권력에 비판적이었고 민생의 실상과 어려움을 많이 다루었다. 문집 『명미당집(明美堂集)』과 조선 중기 이후의 붕당을 개관하고 평가한 『당의통략(黨議通略)』이 있다.

정제두(1649~1736)는 조선 영조 대의 학자이다. 18세기 초 강화도로 옮겨 살면서 양명학 연구와 제자 양성에 힘써 '강화학파'라 하는 학파를 이루었다. 처음에는 주자학을 공부했다. 후에는 지식과 행동의 통일을 주장하는 양명학을 연구하고 발전시켜 최초로 사상적 체계를 세웠다. 문집 『하곡문집(霞谷文集)』이 있다

이건창 생가인 현재 건물은 1996년 강화군에서 복원 정비한 것이다. 뒤뜰에는 무궁화 꽃 피었다. 한양에서 강화로 올 때 이삿짐 위에 매화나무 얹어 왔다고 하는데.

盡日淸齋坐小龕(진일청재좌소감) - 진종일 맑은 집의 작은 방에 앉았자니
時聞廚婢語呢喃(시문주비어니남) - 부엌종 쫑알대는 소리가 들리는데
絲絲楊柳裁衣好(사사양류재의호) - 버들잎 실을 잣아 옷 지으면 좋을 테고
粒粒梅花作飯甘(립립매화작반감) - 알알이 매화꽃은 밥 지으면 달겠네
- 이건창, 「매화」 -

천연기념물 탱자나무 우람한 사기리 마을 떠나는 차 안에서 다음 이야기 듣는다.

교동도는 고려 시대부터 유배지로 손꼽히던 곳이다. 조선 시대에는 역모에 연루된 왕실 친인척들의 유배지가 되었다. 그곳에서 사사된 사람이 많으니 '돌아오지 않는 섬'으로 잘 알려져 있다.

연산군은 1506년 9월 교동도로 유배되었다. 유배지로 추정되는 곳이 세 군데다. 교동 읍성이 있는 읍내리, 신곡동 신골, 고구리 영산골 모두 연산군 유배지일 가능성이 크다. 그러나 연산군이 유배 당시 거처했다는 집터로 추측해 표석을 세워놓은 곳은 교동면 읍내리 270번지. 언덕배기에 있다.

연산군은 조선조 제10대 국왕이다. 1476년 성종과 숙의 윤씨 사이에서 태어났다. 1479년 윤씨가 폐출된 후 1483년 여덟 살 때 세

자에 책봉되었다. 1494년 12월 성종이 죽자 열아홉 살에 왕이 되었다. 곧 스무 살이 되므로 섭정을 받지 않고 즉위하자마자 직접 왕권을 행사했다. 초기에는 국정을 안정적으로 운영해 나갔다. 무오사화, 갑자사화 이후 중종반정으로 폐위되었다. 연산군으로 강등되어 강화 교동에 유배된 지 두 달 만에 전염병으로 죽었다. 재위 기간은 12년이었다.

차에서 내리니 빗방울이 떨어진다. 빗방울과 언덕을 오르려니 표지판이 있다.

'연산군 유배지 정원 공사 중. 일반인 출입 금지.'

멀리 보이는 소나무 숲 앞 일자형 초가. 쓸쓸해 보인다. 연산군이 내 쪽을 내려다보고 있을 것만 같다. 사진기로 당겨 보니 집으로 들어가는 언덕 앞에 꽃밭도 있다.

인생은 풀잎에 맺힌 이슬과 같아
만날 때가 많지 않은 것

연산군이 쓴 시다.
영혼이라도 꽃밭 거닐며 평온하기를 기원한다.
세자도 임금도 아닌, 그저 내 아이들보다도 어린 사내의 눈물 같은 비를 맞으며.

굵어진 빗줄기가 차창을 두들기고 푸른 들판을 뿌옇게 덮었다.

용흥궁 현판이 걸려있는 문으로 들어섰다. 철종이 왕이 되기 전에 살았던 곳. 잔디밭, 전설만이 파릇파릇 피었다.

철종의 할아버지 은언군은 사도세자의 서자로 정조의 이복동생이다. 당시에는 안동 김씨들이 정권을 잡고 세도 정치를 하면서 왕손들을 하나씩 역모로 몰아 죽였다.

헌종이 1849년에 후사 없이 사망했을 때는 6촌 내에 왕손이 하나도 없었다. 그래서 강화에 유배와 있던 열아홉 살 철종이 대왕대비 순원왕후의 명으로 조선 왕조 제25대 왕으로 등극했다. 왕위에 오른 지 14년 6개월 만에 생을 마감했다. 1863년 그해 서른세 살이었다.

왕족도 왕도 아닌, 그저 젊디젊은 사내의 눈물 같은 비가 내린다. 용흥궁 풀밭에.

(『좋은수필』 2023. 06)

하나의 달이 천 개의 강을 비추듯

어부를 상징하는 물고기 장식

퍼붓는 빗속에서 경사가 급하고 높은 계단 끝을 올려다본다. 외삼문(출입문)에 聖公會江華聖堂(성공회강화성당) 현판이 향교 같은 분위기이다.

돌계단 하나하나 살피며 올라 외삼문으로 들어섰다. 성당 지붕 용마루에 인상적인 십자가가 장대비를 맞고 있다. 그 팔작지붕 합각 아래 '天主聖殿(천주성전)' 한자 현판이 있고, 정면 다섯 기둥에는 성경 문구를 한자로 해석한 주련이 있다. 사찰 같은 분위기까지 있어 낯선 듯 익숙한 성전이다.

無始無終先作形聲眞主宰(무시무종 선작형성 진주재)
宣仁宣義聿昭拯濟大權衡(선인선의 율소증제 대권형)
三位一體天主萬有之眞原(삼위일체 천주 만유지진원)
神化周流囿庶物同胞之樂(신화주류 유서물 동포지락)
福音宣播啓衆民永生之方(복음선파 계중민 영생지방)

처음과 끝이 없으나 형태와 소리를 먼저 지으신 참 주재이시다.

인애와 정의를 선포 규명하고 구제하시니 공평한 큰 저울이시다.

삼위일체 천주는 만물의 참 근원이시다.

성신의 감화가 두루 흘러 만물을 기르시니 동포의 즐거움이다.

복음을 전파하여 민중을 계몽하니 영생의 방도이다.

대한민국에서 가장 오래된 한옥 성당이다. 1897년 성공회는 강화 성당(성 베드로와 바오로 성당)을 설립했고, 1900년 한옥으로 교회 건물을 새로 지었다. 구원의 방주를 형상화하기 위해 주변 지대를 배 모양으로 축성했다. 일반 성당과 일반 한옥이 비슷하면서도 다른 점은 한옥에서 생각하는 측면을 정문으로 방향을 전환한 것이다. 예배에 적절한 형태로 바꾼 구조이다. 고향의 옛 공소처럼 아늑하다.

마당 끝에서 큰 나무 보리수가 비를 맞고 있다. 1900년 영국 선교사 마크 트롤로프 신부가 인도에서 10년생 보리수나무 묘목을 가져와 심은 것이다. 불교를 상징하는 나무지만 성공회는 각 나라와 지역의 문화와 전통을 존중하는 토착화 신학의 선교 정신을 가지고 성당 건물을 한국식으로 지었다. 그리고 토착불교와 조화를 이루기 위한 노력의 하나로 심어 가꾸었다.

문득 등하굣길 지키던 고향의 작은 보리수들이 눈앞에 아른거리며, 빨갛게 익은 탐스러운 열매의 떫은 듯 달콤한 맛 떠오른다. 신성한 기운 내 안에 머물기를 기원한다.

성전 앞 종각에 걸어놓은 종은 1914년 영국에서 만들어 가져온 것이다. 서양식 교회 종이 아니라 사찰의 종 모양이다. 한쪽에는 연꽃 문양 대신 십자가, 한쪽에는 성경 구절을 새겼다. 마음으로 탁본한 십자가와 성경의 종소리 울려 퍼지는 듯하다. 온 누리에 사랑과 평화가 함께.

성공회강화성당 특징은 처마에 어부를 상징하는 물고기 장식이다. 보통 한옥에는 악귀를 쫓기 위해서 도깨비, 손오공 같은 것이 있는데 이 성당에는 물고기 형상이다. 예수의 제자들이 어부 출신이고, 예수의 제자가 열두 명이어서 열두 개의 물고기 형상이란다. 십자가 중심으로 열두 제자가 둘러싸여 있는 형상, 마치 숨은 보물을 찾은 듯하다.

한옥 성당의 보물은 강화도 특유의 사상적 정서를 꼽는다. 그것은 하곡학(霞谷學)으로 대표되는 강화학파(江華學派)의 사상이다. 하곡(霞谷) 정제두(鄭齊斗)와 그 후학들은 현실 중심의 양명학을 토대로 조선 사회의 모순을 극복하고자 했다. 강화도의 이 같은 분위기는 강화 사람들이 서양 종교를 거부감 없이 받아들이는 데 도움을 주었다.

강화 지역에서 활동한 선교사들은 이런 분위기를 적극적으로 활용했다. 성공회 선교사들은 한국 선교를 시작하기 전 영국에서 한국 선교 잡지 『고요한 아침(The Morning Calm)』을 창간했다. 이 잡지에 강화도의 문화적 전통 선교 소감 등을 지속해서 기고했다. 열심히 기고한 선교사 마크 트롤로프가 강화성당 건축을 주도했다.

1893년 고종 정부는 해군의 역량을 강화하기 위해 영국의 도움을 받아 간부 양성 학교를 강화도에 설립했다. 총제영학당(統制營學堂)으로 지금의 해군 사관학교인 셈이다. 영국 해군의 지원을 받았으니 교관은 당연히 영국 해군 장교들이 맡았다. 이렇게 해서 해군 장교를 꿈꾸는 젊은이들이 강화도에 몰렸고, 총제영학당에 대한 강화 주민들의 기대도 높아졌다.

총제영학당은 이듬해 폐교됐지만, 1897년 성공회가 총제영학당의 교관 관사와 땅을 매입해 선교 본부로 활용함으로써 성공회의 강화도 선교는 더욱 활성화되었다. 고종의 정치, 군사, 외교적 판단이 결과적으로 성공회 선교에 커다란 영향을 미친 셈이다.

성공회강화성당 처마에는 강화학파의 사상이 있다. 어부를 상징하는 물고기 장식에.

(『미래시학』, 2023. 겨울호)

온달산성

해발 427m. 왕복 한 시간 정도 소요. 가 보자.

활짝 열어놓은 온달산성 대문. 대궐에 들어가는 듯한 순간. 맞이하는 건 가파르고 좁은 계단이다.

오솔길 중간쯤. 오르기를 멈추고 호흡을 고르면서 내려다본다. 산 아래 펼쳐진 풍경. U자형으로 산성 밑을 적시며 지나는 남한강 물굽이. 넋을 잃을 것 같은 아름다운 주변을 바라보며 내가 서 있는 사모정(思慕亭)은 '온달 장군을 위한 진혼곡'이 있는 정자다. 전사한 온달의 시신을 넣은 관이 땅에서 떨어지지 않아 장사를 치를 수 없게 되자 평강공주가 눈물 흘리며 달래서 떠나보낸 자리라고 한다.

"온달을 그저 마누라 잘 만나 벼락출세한 사내로만 본다면 참으로 민망한 오독입니다."

『삼국사기』 「온달전」 원문을 짚어가며 꼼꼼하게 설명하는 정민 교수의 현장 강의를 듣는 중이다.

온달은 고구려 평원왕(재위 559~590)의 사위. 김부식이 온달 그를 충신열전에 올린 데는 이유가 있었다. 「온달전」의 핵심어는 신(信)이다. 공주는 어릴 적 온달에게 시집보낸다는 말을 듣고 자랐다. 훗날 다른 혼사가 들어오자 '임금은 장난말을 하지 않는다.'라며 보물 팔찌 수십 개를 팔꿈치 뒤에 매고서 궁궐을 나와 온달을 찾아 나섰다.

가난한 온달을 만나 금팔찌 팔아 밭과 집, 노비와 소와 말, 그릇 따위를 사서 쓸 거리를 두루 갖추었다. 말을 사는데 공주가 온달에게 말했다.

"시장 사람의 말은 사지 말고 모름지기 나라말 가운데 병들고 말라서 쫓겨난 놈을 고른 뒤에 이와 바꾸소서."

온달이 그 말과 같이 하였다. 공주가 기르고 먹이기를 몹시 부지런히 하니 날로 살지고 튼튼해졌다. 그것은 바로 온달이 그렇게 날로 살지고 튼튼해졌다는 뜻이다.

왕이 온달을 으뜸으로 여기고 온달은 자원 출병함에 임하여 맹세하여 말했다.

"계립현과 죽령의 서쪽이 내게로 귀속되지 않는다면 돌아오지 않으리라."

마침내 가서 신라군과 함께 아단성(阿旦城) 아래에서 싸우다가 날아온 화살에 맞아 길에서 죽었다. 장례를 치르려 하자 널이 움직이려 들지 않았다. 공주가 와서 관을 어루만지며 말했다.

"삶과 죽음은 결정되었습니다. 아아! 돌아가십시오."

　　　　　　　　　하나의 달이 천 개의 강을 비추듯

마침내 들어서 장사지냈다. 대왕이 이를 듣고 매우 비통해했다.

김부식은 왜 다른 사료에 보이지도 않는 온달의 열전을 입전했을까.

「온달전」이 들어있는 5권은 충의 실제적인 표징으로써 간언(諫言)과 순국(殉國) 및 신의를 계속 강조하는 충신열전이다. 「온달전」은 미천한 처지의 인물이 노력 끝에 국가를 위해 헌신하다가 목숨 바친 충성심을 기리는 데 일차적인 목적이 있다. 하지만 이에 앞서 작품에서 한결같이 강조되고 있는 것은 바로 '신(信)'의 문제다.

온달이 죽은 후 관이 움직이지 않았던 것 또한 잃은 땅을 되찾지 않고는 돌아오지 않겠다던 그 맹세를 지키려는 의지의 표상이었다. 말하자면 김부식은 공주와 온달을 통해 고구려 남녀의 삶 속에서 이 신의의 문제가 얼마나 삶의 준칙으로 중시되었는가를 웅변적으로 드러낸다는 것이다.

평강공주는 필부도 빈말하지 않는데 임금이 식언하는 것은 있을 수 없다고 확신했고, 이 확신이 그녀로 하여금 자신의 운명을 바꾸면서까지 온달을 배우자로 선택하는 결단을 내리게 했다. 신의를 삶의 가장 우선적인 가치로 설정하지 않고서는 결코 나올 수 없는 행동이다. 신의를 지고(至高)의 가치로 여기지 않았다면 일어날 수 없는 일이다.

온달과 공주는 고구려적인 삶의 한 상징이었다. 「온달전」의 주제는 충을 넘어 신의의 문제에 주제 핵심이 놓여 있다. 그저 마누라 잘 만나서 벼락출세한 어느 운 좋은 사내의 출세담쯤으로 읽어 출세에 눈먼 약삭빠른 사내들의 상징으로 '온달족' 운운하는 것은 참으로 민망하고 낯 뜨거운 문화 코드의 오독이 아니겠는가.

다시 걷는 가파른 계단 산길. 10분쯤 걸었을까. 잿빛 돌벽이 나타났다. 성돌의 음산함. 아득히 솟은 성을 올려다보며 그로테스크한 분위기에 멈칫. 혼자였다면? 땀방울이 절로 식어 내린다.

북쪽 문턱을 통하여 성안으로 들어선다. 산성 내부는 아늑하다. 얇고 넓은 돌로 쌓은 성. 휘어지는 곡성(曲城) 부분이 완만하게 잘 처리되어 있어 절묘한 조형미에 감탄이 절로 난다. 1,400여 년 전 고구려 장군 온달의 설화를 품고 있는 산성 위에서 내려다본 저 산 아래. 사모정에서와 같이 남한강이 U자로 굽이치는 장관이 펼쳐진다.

이도학 교수의 강의가 능선을 타고 메아리친다.

성산(成山)의 정상부근을 돌로 둘러싼 온달성. 이 성을 언제 쌓았는지는 설이 분분하다. 출토 유물을 보면, 고구려가 쌓아 신라가 재축성한 것도 같다. 다만 『여지도서(輿地圖書)』에 보면 고노(古老)들 사이에 온달이 쌓았다는 말이 전해오고, 이 주변에 온달 설화가 많다.

성은 앞쪽보다 뒤쪽이 높은 지대에 축조된 사모형(紗帽形). 지형은 서쪽이 높고 동쪽이 낮다. 축성 형식은 산 정상부에 띠를 두르듯이 축조하는 테뫼식 석성으로 둘레가 682m의 아담한 규모다. 그러나 북동쪽 성벽의 경우 바깥 성벽의 잔존 높이가 758m에 이른다. 성벽은 안과 바깥을 모두 돌로 쌓은 내외협축법(內外夾築法)을 사용

하나의 달이 천 개의 강을 비추듯

했다. 성안에는 삼국시대의 유물이 출토되며, 우물터가 남아있다. 성벽 바깥 부분에 있는 사다리꼴 모양의 배수구에서 나오는 바람이 땀을 식혀준다.

강의를 들으며 정상을 한 바퀴 둘러보며 사방 전망을 살펴본다. 매우 험난한 요충지라는 것을 저절로 느낀다. 이 일대는 바로 영월리 상동, 풍기와 같이 도참서(圖讖書)나 풍수지리서에서 최대의 길지(吉地)로 꼽고 있는 지역인 것이다. 전란(戰亂)이 많았던 우리 국토에서 길지란 다름 아닌 피란지를 가리킨다.

성 외벽을 따라 걷는데 '피란보신(避亂保身)'의 땅으로는 최상이란 말이 실감 난다. 하지만 이 천혜의 방벽을 두고 온달은 신라 군대와 아단성 아래서 싸우다가 화살에 맞아 넘어져 죽었다.

명장 온달은 방어하기 매우 유리한 지역을 극히 불리한 조건에서 공격한 관계로 패사했단 말인가.

고구려의 한 남자의 비원이 머무는 산성에서 현장 강의를 맺는다.

성벽 위 강아지풀 꽃이 온달과 평강의 숨결인 양 눈부시다.

성 밖으로의 여행은 어떨까.

비단처럼 보드라운 꽃 두 송이 하얀 종이에 싸서 편지 봉투에 담는다. 온달산성 꽃들의 우체국 여행이 시작되는 순간이다.

고구려를 떠받친 힘은 신(信), 온달과 평강이 보여준 신(信)을 품고 충청북도 단양군 영춘면에 있는 삼국시대의 온달산성을 떠난다.

(『현대수필』 2018. 여름호)

"한 편의 글을 쓰기 위하여"

제3장

수필 사랑 해바라기

사랑

정선아리랑 열차 사랑인실에 올랐다. 낯선 사람들이 같은 곳을 향하여 떠나는 기행. 청량리를 출발하는 아침부터 잃어버린 나를 찾아 청량리에 돌아오는 저녁까지 함께할 사람들. 스쳐 지나가는 기찻길 옆 들꽃 풍경만큼이나 풋풋하고 소박하다.

나는 왜 그리 정선에 가고 싶어 했는가. 그곳에 가면 무엇을 만날 수 있을까.

또아리 터널과 제천역을 지나 기와지붕으로 된 예쁜 영월역이다. 민둥산역과 정선역, 그리고 아우라지역이다. 그랬다 내가 만나고 싶었던 건 정선 아우라지다.

여량 5리를 흐르는 강. 강원도 무형문화재 1호인『정선아리랑』「애정편」 가사의 주 무대가 되는 곳. 평창 발왕산에서 발원하여 흐르는 송천과 정선 임계와 태백 대덕산에서 발원하여 흐르는 골지천이 이곳에서 합류하며 어우러진다고 하여 '아우라지'라 한다. 남한강 일천

하나의 달이 천 개의 강을 비추듯

리 물길을 따라 처음 뗏목이 출발한 곳, 이곳에서부터 강이라고 부른다.

조선말, 대원군의 경복궁 중수 시 사용된 많은 목재를 떼로 엮어 한양으로 보냈다. 이때 전국 각지에서 몰려든 떼꾼들의 아리랑 소리가 끊이지 않았고 많은 슬픔과 기쁨, 정과 한을 간직한 채 전해오는 곳이다.

역사를 품고 흐르는 강가에는 '아우라지' 작은 배가 있다. 다리를 건너 아우라지 처녀 동상과 정자 여송정이 있는 강변으로 갔다. 처녀 동상은 강 건너 총각 동상을 바라보고 있다. 저쪽 총각 동상 역시 처녀 동상을 바라보고 있다. 애절한 몸짓으로.

처녀와 총각이 아우라지를 사이에 두고 각각 여량리와 가구미(가금)에 살고 있었다. 처녀는 날마다 싸리골 동백을 따러 간다는 핑계를 대고 강을 건너가 총각과 정을 나누었다. 둘은 싸리골로 동백을 따러 가기로 약속했다. 그러던 중 홍수가 나서 물을 못 건너게 되자 안타까운 마음으로 아우라지 강을 사이에 두고 처녀와 총각이 마주 선 채 불렀다는 노래가 『정선아리랑』「애정편」이다.

아우라지 뱃사공아 배 좀 건너 주게
싸리골 올동백이 다 떨어진다
떨어진 동백은 낙엽에 쌓이지
사시장철 임 그리워 나는 못살겠네

『정선아리랑』「애정편」 전설이 흐르는 강. 정선아리랑 전수관 2층에서 내려다보이는 아우라지. 지금도 가구미와 여량마을에는 나루터가 남아있다.

저런 사랑이 또 있을까.

묵직한 질문을 안고 다시 길을 나선다.

돌아오는 인문 열차 안에서 사행시를 지으란다. 모두 시인이 되는 순간이다.

제일 끝 상부터 발표한다. 삶을 달리는 아리랑 열차 시인들의 눈빛이 반짝인다. 작품마다 그 사람의 향기와 색깔이 있다. 최고의 상, 한 사람만이 남았을 때 수필가로서 입상자 안에 들지 못한 쓸쓸함의 고독이 깊어진다. 대단히.

그러나 글 쓰는 사람값은 해야 하지 않겠나. 장려상, 우수상 받은 사람들에게 보낸 것처럼 최우수상 받는 사람에게도 축하 박수를 보내야 한다고 마음을 다독이며 발표를 기다린다. 현장에서 시 잘 쓰는 사람들을 부러워하면서.

어디서든 그렇듯이 마지막 한 사람에게 돌아가는 상을 줄 때는 사설이 길다. 어수웅 조선일보 기자의 심사평이 있고, 사회자의 정선 기행이 무사한 이야기와 오늘의 인문 열차는 즐거웠고 유익했는지 묻고 답하고. 기찻길처럼 아득히 길기만 하다.

드디어 웅변이라도 하는 듯한 사회자의 목소리.

"최우수상 발표—"

하나의 달이 천 개의 강을 비추듯

찰나, 나는 생각한다. 혹시 내 옆자리 여인? 아니면 저 앞쪽 장년의 남자? 그것도 아니면 내 뒤 젊은이? 나의 축하 박수받을 사람은 어떤 사람일까. 박수와 환호를 준비하고 호명을 기다린다. 아주 편안한 마음으로.

"최춘 씨 앞으로 나오십시오. 아우라지에 맞는 사행시를 지어주셨습니다. 직접 낭독해주십시오."

기립박수라도 치는 건가. 흔들리는 몸을 다잡고 앞으로 나가는 내게 보내는 박수 소리와 환호성이 춤을 추고 신났다. '인문 열차 삶을 달리다'를 함께한 시인들은 차 안이 꽉 차도록 밝고 즐겁게 운을 뗀다.

아 : 아득히 먼 옛날 아름다운 처녀와
우 : 우직한 총각이 사랑을 했다네
라 : 라일락 꽃향기 같은 사랑을 했다네
지 : 지금은 강 건너 버드나무 아래에서 때를 기다린다네. 강물이
　　마를 때까지.

축하 박수가 내게 돌아왔다. 환호하며 즐거워하는 사람들. 그들도 나처럼 마음을 다독이며 누군가에게 보낼 박수를 준비했을 것만 같았다. 군중 속의 홀로 나는 전설 따라 아우라지에 갔고, 잃어버린 나를 찾는 아리랑 열차에서 낯선 사람들과의 여행으로 사랑을 읽었다.

힘들 때 사랑을 하고 위로가 되는, 마음을 모아 함께 살아가게 하는 아리랑에는 누군가의 역사가 있다. 그것은 사랑이다.

(『계간문예』, 2018. 여름호)

앉으세요

지하철 2호선을 탔다. 사람은 많지도 적지도 않았지만 내가 앉을 자리는 없다. 역을 지날 때마다 타는 사람은 많고 공간은 여유롭지 않다. 이어폰으로 음악을 듣지만, 쓸쓸히 서 있는 느낌이 불편하다. 뒤로 메고 있던 가방을 앞으로 메고 책을 폈다. 책 읽는 사이에 사람은 점점 많아졌고 마음대로 움직이지 못할 정도가 됐다.

햇살 들어오는 창가의 자리. 나란히 앉은 젊은이들은 어깨를 맞대고 휴대전화를 들여다보며 즐기고 있다. 내 옆으로 온 두 남녀는 대학생 같기도 하고 사회초년생 같기도 한데 서로 눈을 찡긋거리며 이야기를 주고받는다. 책장 끝으로 들어오는 내 주변 풍경을 태우고 몇 정거장 지나자 두 남녀가 서 있는 앞에 자리 하나가 났다. 내 옆에 있는 숙녀가 나를 보고 방긋 웃으며 말한다.

"앉으세요."

뜻밖의 자리 권함에 당황했다. 당연히 그들 중 한 사람이 앉을 자

하나의 달이 천 개의 강을 비추듯

리라고 생각한 나는 웃음으로 답하며 사양했다.

"괜찮아요, 앉으세요."

그러나 숙녀는 한 손으로 내 등허리를 감아 당기며 앉게 한다. 딸이 없는 나는 순간, 착각할 정도로 딸 같은 사랑의 따스함을 느낀다. 경로석이 아닌 일반석에서 이렇게 정식으로 대접받은 일이 있었는지 기억을 더듬는다.

가을이 시작되었을 무렵. 그날도 그랬다. 오늘의 두 사람처럼 그들도 이야기를 주고받다가 자리가 나니까 옆을 돌아보고 상냥하게 웃으면서 나를 앉게 했다. 그때도 오늘처럼 괜찮다고 사양하다가, 고맙다고 인사하면서 그들 앞에 있는 자리에 앉았다. 미안하고 고마워서 불편하기도 했던 마음도 똑같았다. 그 마음 알았는지 내가 앉은 후 그녀는 풋풋한 향기 품은 미소까지 선사했다. 무엇보다 나를 기분 좋게 한 것은 내가 사양하면 멈추지 않고 등허리를 감싸듯 당겨서 앉도록 한 거였다.

지하철 안에는 이미 햇볕이 가득하다. 나는 이제 자리 양보받을 나이가 되었다는 마음도 가득하다. 어디서든 청년들이 내게 양보하는 건 아니지만, 꽃 같은 청년들이 내게 자리 양보하고 먼 훗날 어디서 만나든, '그때 그 사람에게 자리 양보하기를 참 잘했어'라고 생각하도록 잘 살아야겠다는 마음을 다지기도 한다.

눈이 펑펑 쏟아지는 날이었을 것이다. 지하철 경로석에 자리 하나가 보였다. 용기를 내어 앉았다. 역 몇을 지났다. 책을 읽다가 고개 드는 순간, 열린 문으로 들어오는 수많은 사람 중에 흰 머리의 남성과 눈이 마주쳤다. 내 몸은 용수철이 되어 일어섰다. 그 남성은 빛의 속도로 내가 있는 자리로 오고 나는 나만의 침묵을 깨고 말했다.

"앉으세요."

그 남성이 앉자마자 돌아선 나는 내 뒷모습이 안쓰러웠다.

'아주머니, 내 보기에는 당신이 더 나이 들어 보이오.'

마치 그 남성의 말이 내 뒷모습을 통해 온몸으로 들어오는 듯했다.

내릴 역이 아닌데도 내렸다. 머리카락이 인생을 다 표현하는 건 아닐 테고, 어쩌면 나보다 젊은 것 같기도 하고, 어쩌면 나와 같은 연배일지도 모르는 남자가 서서 가는 게 더 보기 좋은 풍경일지도 모른다. 용수철처럼 튀어 일어선 순간, 나만의 습관을 아는 순간이 민망해서 내렸다.

내린 역 그 자리에서 다음 차를 탔다. 한산했다. 하지만 빈자리는 없다. 자리에 연연하는 건 아니지만 기왕이면 앉아가면 더 좋은 게 솔직한 내 마음이었다. 언제나 그렇듯이 이어폰으로 음악을 들으며 쓸쓸히 서 있는 내 모습을 달래기 위해 책을 꺼냈다. 저쪽에 앉아 있던 남자가 내게 와서 자기가 앉았던 자리를 가리키며 정중히 말했다.

"앉으세요."

하나의 달이 천 개의 강을 비추듯

예닐곱 살쯤으로 보이는 아이가 두 손으로 안내하는 모양이 완벽한 신사다. 나는 기분이 좋아 웃으면서 고맙다고 했다. 그리고 나는 서서 가도 괜찮으니까 아이한테 앉으라고 했다. 아이는 심각한 표정을 짓고 재촉했다.

"왜 어른이 제 말을 안 들으세요. 어른이 앉아서 가야지 제 마음이 편하죠. 그러니까 얼른 앉으세요."

결국, 나는 어린 신사에게 져주었다. 가슴을 쫙 편 아이와 눈을 맞추고 인사했다.

"고마워."

"것 보세요. 어른이 앉으니까 제 마음이 편하잖아요."

그리고는 어린 신사가 자기 엄마 앞에 가서 마주 선다. 엄마가 눈빛으로 칭찬하고 아이는 눈빛으로 칭찬받는다. 그 모습 그대로 지닌 채 창밖을 본다. 다리를 적당히 벌리고 서서 양손을 허리에 차고 지그시 바라보는 눈, 반듯한 코, 꾹 다문 입술 아래 두둑한 턱. 마치 광화문 광장에 있는 이순신 장군 모습과도 같다. 어린 신사와 내가 탄 지하철은 눈부신 노을 가득한 한강 위를 지나간다.

아름다운 겨울이 시작됐다. 자리를 권하는 사람도 자리를 양보받는 사람도 가슴 따뜻하게 하는 말 한마디로 겨울은 따뜻할 것이다.

"앉으세요."

(『현대수필』 2019. 겨울호)

기차는 아니 타시고

　지하에서 길 찾기 참 어렵다. 네모 난 출구로 하늘이 보이니 반갑다. 가방 메고 손에는 아무런 짐 들지 않았어도 숨이 차고 무릎도 불편하다. 바로 앞에서는 노부부가 보따리 하나씩 들고 올라가고 있다.

　할아버지는 혼자 저만치 몇 계단 앞서 올라가고 할머니는 몇 계단 아래에서 올라간다. 할아버지는 가끔 뒤돌아서서 어서 오라는 듯 할머니를 내려다본다. 할머니는 보따리를 계단에 내려놓고 한 계단 오르고 또 보따리를 들어서 다음 계단에 놓으며 힘들게 올라간다.

　나는 할머니의 짐을 들었다. 꽤 무거웠다.

　"에구, 고마워요. 아들네 왔다가 시골로 내려가는 길이지라."

　"네."

　"기차 타야 하는데 서울역 어디로 가는지 아요, 어디까지 가요."

"저도 서울역 가요."

"그러라."

서울역까지는 한참을 걸어가야 했다. 그 길은 오고 가는 사람이 많아서 보따리가 부딪치고 어깨도 부딪쳤다. 무거운 보따리를 놓칠 것 같아서 한 번 쉬자고 했다. 한쪽을 들었던 할머니도 쉬고 싶었는지 보따리를 땅에 내려놓았다. 계단 끝에서부터 뒤따라 오던 할아버지도 짐을 내려놓았다.

할머니가 어색하지 않게 아들, 손자 이야기를 했다. 채 일 분도 안 지났을 즈음에 말할 기운도 없어 보이는 할아버지가 먼저 짐을 들었다. 할머니와 나도 짐을 양쪽에서 들고 역사를 향해 갔다.

얼마쯤 가다가 나 혼자 보따리를 들게 되었고, 할머니는 할아버지 보따리를 같이 들고 내 뒤에서 왔다. 역사에 들어서자마자 두 분은 먼저 의자에 가서 앉았다. 나는 그분들 옆에 짐을 놓고 인사했다.

"안녕히 가셔요."

"일부러 여까정 온 거요?"

할머니는 어떻게 표현할 수 없는 무거운 몸을 일으켰다. 나는 인사하고 왔던 길로 뒤돌아섰다.

할머니의 마음이 내 등에 박히는 듯한 느낌. 엉거주춤 내 등을 바라보고 있는 느낌. 아직도 그렇다. 할머니, 기차는 아니 타시고.

(『작가와 함께』 2023. 여름호)

길 위에서

등 뒤에서 바람이 분다. 떠밀리다시피 햇살을 앞세우고 걷는다.

저 멀리 한가한 삼거리에서 검은 옷차림의 젊은 남자가 서 있다. 바람과 함께 휙 나를 앞질러 가는 여인에게 인사한다. 여인은 순간의 망설임도 없이 손가방을 연다. 하늘색 지폐 몇 장 꺼내어 들고 남자와 눈을 맞추는 찰나, 나는 생각한다. 아는 사이인가. 여인은 남자에게 무슨 말을 하고, 남자는 두 손 모으고 인사한다. 바람이 에워싸고 있는 남자의 얼굴에서 함박 웃음꽃이 피어난다.

몇 미터 앞에서 여인이 가던 길을 간다. 남자는 여인 뒤에 대고 몇 번이고 머리 숙여 인사한다. 서른 살은 되었을 남자. 머리카락은 까맣게 윤이 나고 얼굴에는 구릿빛 기름이 흐른다. 오늘 할 일은 끝난 걸까. 하늘색 지폐 몇 장 펴들고 보고 또 보며 쉼터 쪽으로 춤추듯 걸어간다. 저리도 좋을까. 나도 웃고 있다.

여인은 아무렇지 않게 태연하게 간다. 몇 걸음 뒤에서 걸어가는

하나의 달이 천 개의 강을 비추듯

나는 천사를 만난 기분이다. 이웃집에서 만날 듯 평범한 옷차림의 여인. 잔잔한 꽃무늬 손가방 열고 지폐 꺼내는 모습이 자연스러운 여인. 예닐곱 살 정도의 손주도 있을 법하다.

나는 왜 길에서 구걸하는 사람은 남자만 보일까. 나는 왜 구걸하는 손에 돈을 주는 사람은 여자만 보일까. 여자는 본능적으로 엄마의 마음이 있는 건 아닐까. 여인이 돈을 쥐여주는 모습에서 너무나도 익숙한 엄마의 마음을 읽는다.

한강을 지나 용산에 들어서자 신호등에 걸렸다. 이미 녹색불로 바뀌었지만 10차선 도로에 있는 차들은 꼼짝도 하지 않는다.

나는 버스 앞자리에 앉아 횡단보도를 내려다본다. 여인이 손수레와 함께 건너고 있다. 작은 바람에도 날아갈 것 같고 뜨거운 햇살에도 바스러질 것 같은 여인. 붉은 신호등보다 엄격한 건 잘 접은 종이상자 쌓은 손수레와 건너가는 여인이다.

길고도 넓은 횡단보도. 이쪽저쪽 사람들 총총히 다 건너갔고 여인과 손수레는 반쯤 지나고 있다. 아득한 길. 온 힘 다하여 건너가는 동안, 어느 한 차선에서라도 차가 움직인다면 얼마나 조급하고 두려울까. 차 안에서 횡단보도 건너는 여인을 바라보며 숨죽이고 있을 수많은 사람처럼 지나던 바람도 햇살도 숨죽이고 있겠다.

긴 호흡 들이쉬고 일제히 달리는 자동차들. 자동차 경기 치르는 모습이 저럴까. 손수레가 먼저 맞은편 길에 들어서고 여인이 발을 디디자마자 기적을 일으키듯 치열한 삶의 현장으로 내달리는 자동차 행렬. 드높은 빌딩 숲 가르고 난 드넓은 길에서 한 여인을 위해 순간의 시간을 기다려 준 사람들. 감동이다.

일제히 멈춘 차 안에는 분명히 여자 운전자도 있겠다. 그런데 나는 장년의 남자만 있을 거라는 생각이 든다.

남자들은 여인과 손수레가 지나가기를 기다리는 동안 어떤 마음이었을까. 본능적으로 아들의 마음으로 어머니를 생각했을까. 어머니가 아들을 위해 기도하듯 아들의 마음으로 무사히 지나가기를 기원했을까.

고향의 어머니. 아들의 출퇴근을 염려하는 어머니. 어쩌면 그리워도 만날 수 없게 멀리 떠난 어머니. 위대한 사랑을 본능적으로 아들에게 주던 어머니.

붉은 신호등보다 엄격한 여인. 고귀한 여인을 가슴에 품고 새로운 삶 속으로 가는 장년의 남자들. 기적을 만들어내는 어머니의 아들들의 자동차 행렬에 고요히 흐르던 한강도 기적이라 하겠다.

저녁노을 필 무렵. 주택가 오거리를 지나고 작은 사거리에 다다를 즈음, 등 굽은 여인이 깊게 꺾인 배로 손수레를 밀며 가고 있다. 잘 접은 종이상자를 쌓아 실었지만 엉성하게 묶은 검은 고무 끈이 이리저리 늘어지면서 종이상자 묶음을 흔든다. 고무 끈과 종이상자가 한패가 되어 기어코 손수레를 한쪽으로 쓰러뜨린다.

건장하지 않은 그 누가 들어 올려도 번쩍 들릴 만큼 앙상한 여인. 노을빛으로도 바스러질 것 같다. 손수레를 바로 세우려 하지만 종이상자 묶음은 꼼짝도 하지 않는다.

얼마나 속이 상할까. 갑자기 내가 울고 싶다. 그 대신 말하고 싶다.

이래 봬도 나는 어떤 힘든 일이라 해도 잘하며 살아온 여자. 비굴하지 않게 꿋꿋하게 살아가는 여자. 그런데 사거리 한복판에서 손수레에 잘 앉혀놓은 빈 종이상자에 휘둘리고 있다니, 눈물이 앞을 가리지만 울 수 없는 나는 어쩌란 말인가.

저녁노을 빛이 여인을 감싼 채 붉게 타고 있다.

그 앞에서 걸음을 멈춘다. 내 힘을 보태면 손수레가 바로 세워질까. 웬걸. 손수레를 세우려는 순간 고무 끈이 종이상자를 길바닥으로 쏟아 버리고 만다. 여인과 나는 아예 종이상자를 길바닥에 다 내려놓고 다시 쌓기 시작하지만 아득하다.

한 사람, 두 사람 그렇게 예닐곱 명이 모였다. 청년 두 명은 나를 비롯하여 여자들은 손을 떼게 하고 길바닥에 엎어진 종이상자를 양쪽에서 들어 손수레에 쌓는다.

종이상자는 두 청년 손길에는 얌전도 하게 쌓는 대로 쌓인다. 검은 고무 끈이 단단히 묶어도 고분고분 잘도 묶인다.

그 앞에서 여인은 굽은 허리 펴지도 못한 채 젖은 목소리로 인사한다.

"고마워요, 고마워요 ……."

엉거주춤한 나와 몇 사람도 두 청년에게 인사한다.

"아이고, 세상에 고마워요 ……."

아무렇지도 않은 표정으로 자리를 떠나가는 두 청년의 뒷모습. 미쁘고 아름답다.

인간의 본성에서 우러나오는 마음씨. 누구나 가지고 있는 측은지심이 본능적으로 모여 여인의 손수레에 종이상자를 다독여 싣는 힘을 보탰다.

오늘을 살아가는 사람들에게 축복이 내리기를 기원한다.

미사 드리러 가는 길 위에서.

(『좋은수필』 2020. 10)

아주머니, 잘 다녀오겠습니다

전화가 왔다. 영환이 목소리다.

영환이는 일곱 살 때 우리 집 아래층에 입주했다. 초등학교, 중학교, 고등학교를 마치고 대학생이 되었다. 며칠 후 입대할 거라고 했다.

나는 일부러 시장에 나갔다. 무엇을 살까. 군대 가는 영환이에게 무엇을 해주면 좋을까. 아무리 마음 모아 봐도 반짝이는 생각이 떠오르지 않았다.

오랜 세월 저편. 어린 시절이 살아있는 고향에서는 입대하는 청년들에게 음식을 대접했다. 집집이 순번을 정하고 돌아가며 어떤 집은 저녁을, 어떤 집은 점심을, 어떤 집은 아침을 대접했다. 가족들은 보리밥 한 그릇 먹기도 어려웠지만 군대 가는 동네 청년에게는 쌀밥 한 그릇을 아끼지 않고 지어주었다.

형편이 조금 나은 집은 닭을 잡아다 주었다. 재주 있는 사람은 산

토끼를 잡아다 주기도 하고 꿩도 잡아다 주었다. 모두가 그렇게 차례를 기다리면서 좋은 채소, 좋은 음식을 아꼈다가 해주었다. 그러다 보면 군대 가는 청년은 한 달 정도를 동네 손님으로 지냈다.

입대하는 날은 동네 사람들 다 나와 배웅하며 무사하기만을 기원했다. 입고 갔던 옷이 우편으로 오면 그것마저도 동네 사람들이 모여 앉아 요리조리 살폈다. 군사우편이 오는 날이면 돌려가며 읽고 읽지 못하는 사람들에게는 안부를 전했다.

휴가를 받아 나오면 동네는 잔치 분위기였다. 군인 아저씨는 집집이 인사를 다녔다. 그러면 그때마다 식사 날짜를 잡았다. 인절미를 해놓고 부르고, 식혜를 해놓고 초대했다. 맛있는 것은 무엇이든지 해서 먹이려고 했다. 휴가 날짜가 짧아서 해줄 수 없으면 초대한 집으로 시루에서 키운 콩나물을 보내고 토광에서 잘 익은 홍시도 가져다주었다. 제대할 때까지 그랬다. 아득하고 그립기도 한 고향 풍경이었다.

나는 고기를 샀다. 묵직했다. 상추와 쌈장도 샀다. 괜히 가벼워 보였다. 고기를 조금 더 샀다. 내 고향 사람들처럼 영환이를 내 집으로 초대하지는 못하지만, 영환이 가족끼리 둘러앉아 먹을 수 있는 것이면 지극히 좋을 것 같았다.

고기 든 봉지를 받은 영환이 어머니가 환하게 웃었다. 나는 쑥스러운 인사를 하고 삼 층으로 올라왔다. 이런저런 일을 하며 한참을 보냈다. 전화가 왔다.

　　　　　　하나의 달이 천 개의 강을 비추듯

"아주머니, 잘 다녀오겠습니다."

아마도 영환이 어머니가 내 이야기를 한 모양이다. 반듯한 영환이가 대견하다.

입대부터 휴가, 제대까지 동네 사람들의 정성으로 훈훈했던 고향이었다. 그러나 지금은 군대 갈 청년 하나 없는 고향이 되었다. 도시에는 군대 갈 청년 많겠지만 어느 집 아들이 군대 가는지, 어느 집 아들이 휴가 나오고 제대하는지 관심도 무뎌졌다. 그런 청년 있다 해도 관심을 가지고 다가갈 수 없는 시절로 변했다.

고향의 옛 풍경을 떠올리며 조금이라도 따라 할 수 있게 해준 영환이 가족이 있어 좋다. 나라에 충성을 다짐하는 듯한 목소리의 영환이. 듬직하다.

(『현대수필』 2019. 봄호)

선물

내가 사랑하는 우리말 우리글

마당에서 소녀를 만났다. 잠깐 기다리란다. 소녀는 총총히 집으로 갔고, 나는 계단 아래에서 기다렸다. 두 손을 뒤로하고 나오더니, 눈웃음 지으며 나더러 손을 펴고 눈 감으란다. 앙증맞은 주먹을 내 손바닥에 올려놓고, 눈 뜨란다. 사탕 한 알.

"선물이에요."

바나나와 우유를 받았으니, 선물하는 거란다.

소녀는 우리 집 아래층에 살고 있다. 햇살이 머무는 계단이나 수돗가에서 친구와 소꿉놀이를 하고 훌라후프로 굴렁쇠 놀이도 한다. 마당과 대문 밖 쓸기 놀이를 하고, 개미를 보면 신기한 세상을 만난 듯 느리게 걷고 기면서 개미의 길을 따라간다. 소녀가 놀던 곳에 빗자루만 누워있는 풍경이 어둠을 맞이하고, 보안등 불빛이 소녀를 기다렸다.

소녀의 놀이는 자주 바뀌었다. 곳곳에 자신의 키 높이에서 얼마나 정성을 모았을까. 마냥 흐뭇했을 소녀. 마당 수돗가 배수구와 보

하나의 달이 천 개의 강을 비추듯

일러실 환기통 쇠창살까지 고무찰흙으로 빚은 작품이 알록달록했
다.

맨손으로 걷으면 될 줄 알았다. 꽃삽도 소용없다. 이 놀이를 멈추
게 할 양으로 함께 떼자고 했는데, 소녀의 오빠가 합세했다. 배수구
막은 것을 다양한 도구로 어렵게 도려냈다. 두세 시간을 웅크리고
앉아 있다가 일어서려니 무릎이 펴지지 않았다. 초등학교 5학년 남
자아이도 힘들 텐데 숨소리 한 번 크게 내지 않았다.

아이들의 부모는 직장에 있을 게고 남매만 집에 있을 오후. 바나
나와 우유를 가지고 소녀의 집으로 갔다. 문 열고 나온 소녀가 해맑
게 오빠 부르는 소리. 의젓한 오빠의 대답. 그리고 두 아이의 반듯
한 인사. 고마웠다.

오늘의 놀이는 물주기인가 보다. 마당 끝에서 스티로폼 상자에
식물 이름표 세우고 물주는 초등학교 1학년 소녀.

"토마토 익으면 드릴게요."

귀엽게 선물 예약을 선사한다. 순간, 설렘과 함께 간직한다. 선
물.

(『문학의 집 서울』 2021. 04)

풍년

저녁 아홉 시 뉴스. 어제도 오늘도 비슷한 소식이다. 그래도 행여나 밝고 희망찬 소식 있을까, 가난해지는 마음 다독이며 티브이 앞에 있다. 저쪽 가방 속에서 주인 찾는 휴대전화 벨 소리. 선배다.

나, 지금 논에 나왔어.
들어 봐.
소리 들려?
그럼, 들려주려고 일부러 나왔지.
운동화 신고 집에서 십 분쯤 걸어야 해.
달빛도 은은해.

김포 뜰의 개구리 합창 소리.
개굴개굴 개굴개굴 …….

하나의 달이 천 개의 강을 비추듯

뜻밖에 등장한 중후한 소리.

멍

멍

멍

낮은 듯 굵게 이어진다. 마을 개들이 다 따라 짖는가 보다.

옛날, 아주 옛날. 일곱 살 아이의 집 앞, 개울 건너 논에서 개구리들이 노래했다. 마을 집집이 마당 지키는 누렁이들이 코러스로 등장했다. 함께 초가마을 밤 지키는 합창단이었다.

개구리 소리 요란하면 비 온다고 한다. 비 오면 호흡하기 좋아서 힘차게 운단다.

김포 개구리들 숨쉬기 좋은 밤인가 보다. 김포 풍년 들겠다. 밤길 걸어 개구리 합창 들려준 선배의 지극한 정성으로 내 마음 풍년이다.

(『메타문학』 2023. 봄 여름호)

진또배기 이찬원

코로나19로 세상이 어수선하니 동선이 단순해졌다. 성당 모임이 취소됐고 독서 모임도 취소됐다. 단체 여행이 취소됐고 혼자만의 기차 여행도 줄줄이 취소됐다. 영화와 전시 관람도 멈추고 사진 찍기 나들이도 멈췄다. 그러고 보니 나는 모임도 많고 여기저기 많이도 다녔다. 대부분 시간을 독서로 채우고 있어도 독서에서도 집중할 수 없어 책에서도 매력을 느낄 수가 없다.

책과 라디오와 작별하고 리모컨을 들었다. 많기도 한 TV 채널을 돌리는데 학생이 오른팔을 왼쪽 앞 허리쯤에서 오른쪽으로 휙 젖혀 올리며 "울지 마 울긴 왜 울어 바보처럼 울긴 왜 울어" 하고 나타났다 사라졌다. 노란 셔츠에 검은 타이, 동글동글 곱상한 얼굴에 신기한 목소리. 막혔던 무언가가 뻥 뚫리는 것 같은 몇 초의 순간, '내일은 미스터 트롯' 프로그램 홍보 영상이다.

방송 요일과 시간을 메모했다. 목요일 오후 열 시. 늦은 커피 마시

하나의 달이 천 개의 강을 비추듯

며 그 학생을 기다렸다. 반만 보이는 고운 이마에 멋쩍게 웃는 네모 입, 아기 같은 눈웃음을 선사한다. 전주가 나오자 어색해하던 모습 어디 갔나. "어차피 인생이란 연극이 아니더냐 … 슬픔일랑 돌아서서 잊어버려요 … 울지 마" 달래는 목소리를 어떻게 표현해야 하나. 마스터가 인정했듯이 황금의 목소리라고밖에 할 수가 없다.

상대방을 이기고 올라온 이 대학생을 보기 위해 다음 시간을 기다렸다. 무릎을 틀어 굽히며 "구십 세에 저세상에서 날 데리러 오거든 …." 가지 않겠다는 듯, "세월아 너는 어찌 돌아도 보지 않느냐 …." 물어도 대답하지 않고, "푸른 하늘 밝은 달 아래 … 담소화락에 엄벙덤벙 주색잡기에 …." 「백 세 인생」을 부르며 「고장 난 벽시계」에 「희망가」를 담은 삶의 희로애락을 느끼라 한다. 기가 막힐 음색으로 말이다.

「잃어버린 30년」 무대. 등장하는 순간부터 드라마다. 안으로 접어 넣은 옷소매와 바짓단. 찾지 못한 부모 향해 서면서, 나름대로 최고 좋은 옷을 입고 나온 1980년대 청년 모습이다. 이쪽저쪽 객석을 향해 인사하는 건 자신과 같은 처지의 이산가족에게 예의를 갖추는 모습이다.

보고만 있어도 웃게 하는 어깨춤과 눈웃음, 네 입 웃음은 어디에서도 찾을 수 없다. 오로지 헤어진 부모 찾으러 나온 청년이다. 이산가족 찾기 당시 TV 화면에서 오빠를 외치며 30년 만에 만난 남매 모습이 떠오르고, 반드시 찾을 것 같은 희망의 음색과 표정, 몸짓. 주

저앉지 말고 일어서게 하는 목소리에는 밝은 미래가 있다.

양복 주머니에 꽂은 깃털 날아간 「남자다잉」. 어린이들이 따라 하기 좋은 바지 쓸기 춤, 민망한 부분 없이 담백하다. 퍼포먼스도 산뜻하게 곁들인 「딱풀」을 부르고 「18세 순이」를 찾겠다며 무대에 피어있는 살구꽃 동산에서 양팔을 힘차게 펼치며 하늘을 우러르더니 미스터 트롯 미(美)가 되었다. 코로나19 때문에 수개월 동안 타향에서 홀로 치른 경연 결과가 더욱 값지고 장하다.

그를 찾아 인터넷 산책에 나섰다. 제대 후 다니던 대학교를 휴학한 스물다섯 살 청년의 유튜브를 보았다.

휴대전화로 찍은 동영상이 몇 개 있다. 경연에 나오기 전에 노래방에서 부른 영상이다. 나를 고정 시청자로 끌어들인 그를 처음 만나게 한 「울긴 왜 울어」 동영상에서는 노래방 불빛과 함께 전주가 나오니 공손히 인사한다. 1절이 끝나니 또 인사하고 노래 끝인사까지 한다. 방송을 볼 때마다 무대를 귀하게 여긴다는 생각을 했다. 잘 다듬어진 사람, 인간의 품격을 갖춘 대학생이다.

『아웃라이어』에서 읽은 1만 시간의 법칙. "1만 시간은 대략 하루 세 시간, 일주일에 스무 시간씩 10년간 연습한 것과 같다."와 "1만 시간은 위대함을 낳는 '매직넘버'이다." '24년 트로트 외길 인생'이라고 자신을 소개한 그는 타고난 목소리로 엄청난 시간을 "그냥 열심히 하는 게 아니라 훨씬, 훨씬 더 잘하기 위해서 열심히 한다."라면서 연습했을 거라는 생각이 든다. 악보 없이 피아노와 기타도 치는 수수께끼 같은 대학생. 그는 매주 두 번씩 TV에 나오는 가수가 되었다.

현역 가수와 대결에서 「물레야」를 시작하면서 "얼쑤! 가자! 호!" 추임새로 끌어올리며 신명 나게 부른다. 믿음, 소망, 사랑 싣고 간다. 베틀에 앉아 짠 것을 밤에 풀고, 낮에 다시 짜며 108명의 구혼자를 거절하는 아내 페넬로페에게 트로이 전쟁에 나갔던 남편 오디세우스, 내가 간다. 그러다가 '달이 가고 해가 가도'에서 가성이 나오는 순간, 『혼불』에서 죽지 않은 기서를 기다리며 소복한 채 베틀 앞에 앉은 인월댁이 나타난다. 노래 한 곡에서 표정과 음색이 세기를 넘나들고 부르는 노래마다 자신의 색깔로, 자신의 노래로 만든다.

「울긴 왜 울어」 이후 알게 된 그의 예선 곡 「진또배기」 영상을 클릭한다.

"흐어어~"

산등선을 넘어가는 듯한 울림 목소리에 바람도 구름도 잠 깨났겠다. 덩실덩실 어깨춤, 방긋방긋 네모 입 미소, 싱긋싱긋 눈웃음. 마치 구전 민요 채집하러 다닐 때 만나는 구전자의 춤과 노래 같다. 고등학교 시절 전국노래자랑에서 인기상을 안겨준 「진또배기」. 흥과 희망을 주는 음색에 이끌려 국민 춤을 추며 노래 부른다.

"진또배기, 진또배기, 진또배기~."

진또배기가 있다는 것은 알았지만 진또배기 노래가 있는 건 몰랐다.

강문(江門) 진또배기 마을을 찾아갔다. 긴 솟대에 '신령과 인간의 의사소통을 매개하는 전달자' 오리 세 마리가 앉아 바다를 보고 있다.

삼한 시대 솟대의 한 형태로 전하는 '진또배기'는 물, 불, 바람 막아주기를 토속 신에게 기원하며 풍년과 풍어를 빌던 어촌의 토지와 마을을 지켜준다는 신이다. '마을 어귀에 서서 모진 비바람을 견디며 바다의 심술을 막아주고 말없이 마을을 지켜온 진또배기.' 영동 지역에서 흔히 짐대서낭, 진대로 부르는 솟대의 일종인데 '진또배기'라는 명칭을 사용하는 곳은 강문동뿐이란다.

솟대 공원으로 들어가니 연두색, 주홍색, 짙은 갈색 오리가 솟대에 앉아 마을을 지키고 있다. 나무로 깎은 오리 형상을 만들어 놓은 것이지만 신앙의 기운을 느낀다.

먼 훗날 생각하겠다. 코로나19로 국민 모두에게 정부 긴급재난지원금을 지급한 그해는 진또배기 마을 진또배기에 소원 하나 두고 왔다고. 작별했던 책과 라디오와 재회를 하고 단순한 동선도 사랑하며 안녕을 기원하는 노래도 따라 불렀다고. 그리고 코로나 시국에 노래로 위로해준 대학생 가수가 있었다고. 진또배기 이찬원.

(『한국수필』 2021. 09)

미래지향적인 신조어

신조어 채널

티브이에서 신조어 퀴즈 놀이를 한다. 뜻을 알고 나니 재미있다. 책을 읽거나 신문을 볼 때보다 글을 쓸 때 사전을 자주 본다. 사전은 여러 가지 사물이나 사항을 나타내는 말을 모아 일정한 순서로 배열하고 그 각각에 해설을 붙인 책이다. 2023년에 알게 된 신조어가 인터넷 사전에 올라 있다. 보기도 듣기도 좋은 단어는 뜻도 좋다.

휘게. 덴마크어로 편안함을 뜻하며 '소 · 확 · 행'과 비슷하게 자주 쓰이는 말이다. 소 · 확 · 행은 소소하지만 확실한 나만의 행복 찾기이다. 책상에 있는 소 · 확 · 행 일기장. 예비 며늘아기에게 받은 선물이다. 살구꽃 닮은 표지를 넘기니 시작하는 글이 예쁘다.

오늘 나의 일상 중 작지만 나를 행복하게 하는 작은 것들을 찾아서
기록해 보세요. 행복은 나의 작은 일상 속에 있습니다.
오늘의 소 · 확 · 행
오늘 나의 행복 지수 ①②③④⑤

오늘의 소 · 확 · 행을 적고 오늘 나의 행복 지수 앞에서는 생각이
깊어진다. 삶의 정답이 있을까. 행복이란 무엇일까. 하루를 써 놓은
글로 보아 어느 날은 ⑤가 넘을 만큼 행복했고 어느 날은 ①도 안 될
만큼 행복이 없다. 그런 날은 삶의 방향조차 없는 시험만 치렀다고,
행복이란 단어조차 사치라고 생각했다. 스물네 시간 동안 나쁜 일만
있었을까. 새벽으로 가는 시간 앞에서 곰곰이 생각했다.
　마당을 쓸고 있는데 그녀가 왔다. 무거웠을 두유 한 상자를 계단
에 놓았다. 외국인 가족. 그녀는 아래층으로 들어와 사는 동안 사위
를 맞이하고 외손자를 보았다. 가끔 김과 아이크림을 내게 주었다.
나도 고향 택배로 받은 감자, 옥수수, 명절 떡을 주었다. 그렇게 8년
을 살다가 며느리를 맞이한다고 멀리 이사했다. 살던 곳이 그립다고
찾아온 그녀와 마당 쓸던 나는 서로 등을 쓰다듬었다. 그래서 행복
지수 ③이다.

　마기꾼. 마스크와 사기꾼의 합성어로 마스크를 착용했을 때 상상
한 얼굴이 마스크를 벗은 모습과 완전히 다르다는 의미의 신조어다.
보통 마스크를 착용한 상태의 외모가 벗었을 때보다 더 나아 보일

　　　　　　　　　　　하나의 달이 천 개의 강을 비추듯

때 '마기꾼'이라는 표현을 쓴다.

이불 가게에 들어섰다. 마흔 살 무렵 다니던 곳이다. 눈빛이 닿는 순간, 그는 내 모습을 두 눈에 동그랗게 담고 그대로 멈추었다. 나를 알아보는 눈빛이 마치 솜이불에 안긴 듯 포근하다. 그는 내 마흔 살 무렵 모습을 기억하고 말로 표현했다.

이불 쌓아놓은 낮은 마루에서 보행기 타고 순하게 놀던 아기 안부를 물으니, 캐나다에서 공부하고 있단다. 그의 남편 눈빛에 뿌듯함이 가득하다. 나보다 어리고 남매처럼 닮은 부부가 아름다워서 웃고, 들려주는 내 옛 모습에서 부부의 신혼 시절 생각나서 웃었다. 그래도 우리는 코로나 마스크를 벗지 않았다. 얼굴, 얼마나 변했을까.

소지말박. '소리 지르지 말고 박수 쳐'의 줄임말이다. 코로나19 방역 지침에 따라 함성 대신 박수로 관객들의 호응을 유도하는 신조어다. 2023년 03월 24일 오후 07시 올림픽공원 올림픽홀에서 소지말박 할 것을 생각하니 설레고 웃음이 난다.

2023 이찬원 콘서트 "ONE DAY" – 서울(2023-03-24), 예스24 티켓.
등기를 받았다. 보내는 사람도 받는 사람도 작은아들이다. 그러나 티켓은 내 것이다. 내가 이찬원 가수의 품격을 칭찬하며 예쁘고 귀엽다 하니, 아들이 서울 첫 공연 표를 예매한 것이다.

코로나19가 나타났을 때 TV 리모컨 버튼을 누르다가 '울긴 왜 울어' 노래하는 모습을 담은 프로그램 홍보 영상을 보고 방송을 시청했다. 청량한 그를 인터넷에서 찾아보았다.

스물네 살에 소속사 없이 '미스터 트롯' 경연대회에서 '진또배기'를 불렀다. 이후 '이찬원'의 '찬', '진또배기'의 '또'를 합친 '찬또', '찬또배기'는 고유명사가 되었다. 조선일보 말모이 100년, 내가 사랑한 우리말 33 「대단히」를 쓴 그는 '또' 요정 같다.

찬또위키, 캐스또, 또리사, 또변 ….

'찬또위키'는 찬또와 나무위키, 위키백과를 합친 건데 아는 것이 많다는 뜻이다. '캐스또'는 야구 중계와 해설을 잘해서 붙은 별명이다. 그리고 음식을 척척 잘해서 붙은 별명은 '또리사'이다.

KBS 프로그램 '신상출시 편스토랑'은 주어진 주제로 연예인이 본인 집에서 만든 음식으로 대결한다. 가격과 맛으로 우승한 음식은 출시되어 편의점에서 판매한다. 대학교 휴학생 이찬원은 총각김치, 파김치를 담그고 도토리묵을 쑤고 갈비찜도 한다.

진또배기 매운찜갈비, 진또배기 맵싹갈비. 찬또배기 된장술밥, 콘치즈 쌈장 닭갈비, 찬또 떡갈비치즈 버거 …. 이찬원 우승 상품이다. 이 메뉴 판매 수익금은 결식아동들에게 기부한다.

'찬또네 백반집'을 열었다. 노래하는 직업이 꿈이었는데 그 꿈을 이루게 해준 팬들에게 답례로 한 끼 밥상을 대접한다고 했다.

100명을 위한 상차림까지 혼자서 하는 게 가능할까, 했는데 오전

하나의 달이 천 개의 강을 비추듯

에 배추겉절이까지 담갔단다. 신청하고 초대받은 팬들을 위해 요리도 혼자서, 플레이팅도 혼자서, 홀서빙도 혼자 했다. 잡채, 경상도식 뭇국 …. 밥 한 상, 아기 손님 밥까지 즉석에서 하여 감동을 준 이찬원은 요리사, '또리사'이다.

글씨도 잘 쓴다. 그의 가족을 담은 사인은 가히 작품이다. 법률 지식도 풍부하다. 이찬원은 JTBC 법정 토크쇼 '안방판사'에서 예능 변호사 또변. 이찬원 콘서트 티켓 예매한 내 아들은 실제 변호사 권변. 신기하게도 글씨체가 똑같다. 나도 모르게 권변이 예매한 또변 콘서트 티켓. 내 것인 줄 알지만 받는 사람이 아들이니 권변 책상 위에 놓는다.

지금, 이 순간에도 생기고 있을 신조어. 미래 국어학자들이 연구하는 모습을 그려본다.

무슨 뜻을 담고 있는지, 어느 지역에서 생겼는지, 주로 어떤 계층이 많이 사용했는지.

후손이 국어 연구하면서 보고 듣기 민망한 단어와 발음하기도 민망한 단어가 있는지조차 모르는 모습을 그려본다.

밝고 아름다운 미래지향적인 신조어.

오내언사. 오늘도 내일도 언제나 사랑합니다.

(『계간 현대수필』 2023. 여름호)

전주에서 부활을 꿈꾸다

어젯밤 비가 와서일까. 새벽 빛살이 맑다. 계단 층층이 자리 잡은 붓꽃 잎사귀에 맺힌 물방울이 눈부시게 찬란하다. 붓꽃의 배웅을 받으며 집을 나선다.

서울을 떠나 4월의 수목이 싱그러운 전주에 닿았다. 전북문학관 앞에서 젊은 소나무 두 그루가 마중한다. 새순 끝에 핀 암꽃, 수꽃. 사랑이 꽃피는 나무, 예쁘다.

전북문학관은 본래 도지사 공관이었단다. 전북 외국인 학교로 사용하다가 2012년부터 문학관으로 개조하여 운영하고 있다. 전시관은 대통령 지방 순회 시 영빈관으로 활용했는데 박정희, 전두환, 노태우 전 대통령 그리고 미국 팝 가수 마이클 잭슨이 방문한 바 있단다. 대통령 경호를 위해 설치한 방탄유리 및 경호 시설 등이 보존되어 있다.

현관 입구와 복도 양쪽 벽면은 백제 이후 조선조까지의 고전문학

하나의 달이 천 개의 강을 비추듯

전시 공간이다. 「만복사저포기」와 마주한다. 조선 세조 때 매월당 김시습이 지은 한국 최초 한문 소설 『금오신화』에 수록된 다섯 편 중 첫 번째 작품이다. 산 사람과 죽은 사람의 사랑을 다룬 명혼소설(冥婚小說), 불교의 발원 사상으로 시작하여, 윤회 사상으로 끝맺고 있다. 세상에서 소외된 사람의 고독, 간절한 사랑의 소망을 나타낸 이야기. 혼령을 사랑한 남원의 총각 양생이 살던 곳 만복사(萬福寺)에서, 저포놀이 하는 모습 그리며 문학관을 나서는데, 암꽃, 수꽃 핀 소나무가 배웅한다. 풋풋한 청년 같다.

전주 최명희문학관. 2010년 『혼불』 '필사의 힘'에 참여했다. 필사하기 전에 전주를 방문했다. 처음이었다. 남원 혼불문학관, 『혼불』의 중심 무대이며 청암부인, 율촌댁, 효원과 강모가 거주하던 곳으로 노봉마을의 원뜸에 있는 종가, 청암부인이 만든 청호저수지, 효원이 대실에서 매안으로 신행 올 때 기차에서 내리던 곳이며, 강모가 전주로 학교 다니면서 이용하던, 서도역을 찾은 후 필사를 시작했다.

「저 대나무 꽃」 104매, 「만다라」 101매의 원고. 한 자, 한 자 마음을 새기듯 썼다. 최명희문학관 뒤뜰 벽에 필사 원고가 전시된 후, 세 번째 찾았던 노봉길 종가에서, 마음에 새기며 꾹꾹 눌러 읽었다.

'종부(宗婦)는 그저 한 사람의 아낙이 아니고 흘러내려 오는 핏줄과 흘러가야 할 핏줄의 중허리를 받치고 있는 사람이다.'

전주 라한호텔에서 제21회 수필의 날을 기념한다. 코로나19가 많은 것을 불편하게 하지만 수필가들은 이 만남을 위해 각자의 바쁜 일들을 해내고 각 지역에서 왔다. 수필의 날을 제정하고 수필의 날 선언문을 작성한 윤재천 선생님의 '수필의 날 선언문' 낭독, 엄숙하다. 초등학교 시절 국기에 대한 맹세, 국민교육헌장 낭독을 듣는 것 같다.

심포지엄 '영상 시대에 산문 쓰기'에서 '글 쓰는 대상과 글을 읽는 독자들에 대해 항상 겸손한 마음의 자세를 갖춰야 한다. 그러므로 독자들에게 알려준다기보다는 서로 대화를 나눈다는 자세로 글을 써야 한다.'를 공감하고 저장한다. 그리고 눈과 표정으로 대화를 나누며 식사를 했다.

"오늘은 아무 생각 하지 말고 맑고 밝게 보내자고요."

전주 한옥 마을, 야간 산책을 했다. 밤공기가 좋다. 달빛 같은 전등 불빛을 받으며, 느릿느릿 거닐다가 어진박물관 담벼락 밑에 핀 꽃 한 송이를 발견했다. 목이 긴 꽃 앞에서 한동안 머물렀다. 이토록 존재감이 선명한 꽃이 또 있을까. 모네가 그린 '양귀비밭'의 붉은 꽃. 꽃말이 '위로와 위안, 몽상'이란다. 대원군의 증손이자, 고종황제와 명성황후의 직계 손자인 황손 이석. '황손의 집 승광재(承光齋)'에서 사는 황손 같고, 황손을 위로하는 꽃 같다. 꽃 한 송이 보고 있는 지금, 아무것도 하지 않는 것처럼 보여도 우리는 삶을 살아내고 있다는 것이다. 누구나 살아낸다는 것은 아름다운 것. 어진박물관 담벼락 바닥에 핀 양귀비처럼.

전주 전동성당. '내 품 안으로 오라' 하는 듯, 두 팔 벌리고 맞아주시는 예수상. 브라질 슈가로프산(빵산)에서 보았던 리우데자네이루 코르코바도 언덕 예수상처럼 온 세상으로 빛이 퍼져나갔다. 온화해지는 마음에 평화가 온몸으로 번진다. 코로나19 시국을 잘 이겨내면 더 나은 세상이 올 거라는 메시지가 은은하게 전하는 성당. 지금은 증축하는 중이란다.

새로워질 전동성당에서 어둠을 밝히는 예수상, 부활을 상징하는 예수상을 보면서 생각한다. 살아내는 순간이 부활이요, 부활이 살아내는 일이어서 삶은 위대하다고.

아나스타시아. 그리스어로 '부활'을 의미한다. 내가 태어난 지 사흘 만에 받은 세례명 아나스타시아. 순간순간 살아내는 일이 부활인데 나는 부활을 모르고 살았다. 여전히 오늘보다 더 나은 인간, 오늘보다 더 나은 내면의 부활을 기원한다. 마음에 평화를 주는 전동성당에서.

(제21회 수필의 날 전주대회 『전주, 한옥마을 골목길 따라』 2021)

낮설어서 행복했네라

통영에서 사진 전시가 있다네요. 새벽 고속버스에 올랐지요. 통영은 처음이니 설렜고, 출가시킨 사진이 나를 초대했으니 행복했어요.

통영터미널. 달콤하고 고소한 통영 최고의 맛, 통영 꿀빵이 기다리고 있네요. 그냥 가면 서운하다고 사 먹어야 한대요 글쎄. 방랑자의 멋으로 걸으면서 먹으니 맑은 하늘 구름도 내 것인 양, 여유가 생기네요.

전국입상작 전시실이에요. 정성 들여 대회에 내보낸 사진, 이름표를 달고 있네요. 창호로 들어오는 강화의 은은한 햇살이 왕의 빛인 듯 결이 고결해요. 사진을 쫙 펴놓고 심사할 때, 눈에 확 들어왔다네요. 「고려궁지 창」.

점심을 먹으려는데 식당 주인마저 친절해요. 어디에서 왔느냐, 물어요. 서울에서 왔다 하니, 무슨 일로 왔는지 궁금한가 봐요. 출가시킨 사진 이야기를 하고 말았네요. 축하받으니 기분 좋고 밥맛

하나의 달이 천 개의 강을 비추듯

도 좋아요. 선물처럼 받은 커피도 온몸으로 따스하게 번져요. 주인께 배웅까지 받네요. 살짝 비탈진 길을 내려오다가 뒤돌아보니 아득하게 서 계시네요. 구경 길 알려 준 남편과 함께요.

청마문학관. 문학관에서 우체통을 만났어요. 편지를 많이 쓴 시인이어서 상징으로 놓았을 거예요. 사진 속 청마 모습으로 나무 의자에 앉아 잠깐 생각했어요. 가슴 푸르게 멍들어 주고받은 편지 있는지. 나는 참 매력 없는 사람이에요. 영국 여학생에게 받은 편지가 다발로 있는 내 남자에게서조차 그런 편지 받은 기억 없으니까요.

아, 이건 비밀인데요. 아주 어렸을 적이에요. 방학이면 동네 친구의 고종사촌 오빠가 서울에서 왔거든요. 만화가가 꿈이라고 하던 중학교 1학년 학생한테 편지 몇 통 받기는 했어요. 동네 사람이 알까 봐 그랬는지 여자 이름으로 보냈더라고요. 그래도 우리 엄마는 아시더라고요.

"아버지는 모르신다."

동네에 오는 편지는 우체부가 우리 집 사랑채 바깥 마루에 놓고 가니, 아버지는 그냥, 그냥 알면서도 모르시는 거였죠. 동네에 어린 손님들이 오면 낯가림이 심한 나는 밖에 나가지 않았으니, 편지 안 받겠다고 보냈죠. 그 학생 마음 언짢았을까요. 편지 이야기는 문학관에 두고 나왔어요

사립문이 열려있는 청마의 생가, 아늑해요. 낮은 마루에 걸터앉으니 오래전부터 살던 집처럼 편안한 느낌은 뭘까요. 마당 끝 담 밑

에 있는 절구에 절굿공이가 있어요. 문득, 어린 시절 생일떡 인절미 생각이 나네요. 담 너머 펼쳐진 바다를 내려다보는 건 처음이에요. 푸른 바다가 가슴에서 파도치니 나도 모르게 물었어요.

파도야 어쩌란 말이냐.

케이블카를 타라 하네요. 케이블카를 탔어요. 한눈에 펼쳐진 통영을 가슴에 담으려 하니 한도를 넘어 감탄사가 마구마구 터져 나오네요. 케이블카 아래 실 같은 산길에 점들이 움직이는 건 사람이에요.

케이블카 승강장에서 내렸어요. 미륵산 정상 길 오르다 멈추고 내려다보니 한산대첩이 보이네요. 섬들이 그림이에요. 돌부리와 나무뿌리가 있는 길로 들어섰어요. 돌부리는 발 받침돌, 나무뿌리는 계단 삼아 가고 있어요. 봉우리까지 오르지 못하고 뒤돌아 내려가는 사람들 따라 할까, 잠깐 생각했지만 금세 그 마음 지웠어요.

옆을 보니 꺾일 듯 휘고 뒤틀린 소나무 사이에 돌탑이 있어요. 사람들의 소망이 쌓은 탑 앞에 서니 마음 하나하나 다듬어지는 듯해요. 나도 기도 하나 쌓았네요.

드디어 미륵산 정상이에요. 고려 시대부터 외적의 침입을 알리는 봉수대가 있었던 곳이에요. 내가 편히 살 수 있는 나라 지키는 데에 앞장섰던 젊은이들에 대한 묵념은 필수예요. 정상에서 저녁노을이 물드는 한려해상을 구경했어요. 마냥 있고 싶은 이 낯선 감정은 설렘이에요. 그러나 정상에서 오래 머물 수 없어요. 내일로 가는 낯선 밤이 오고 있어요. 태양의 빛이 남았을 때 내려가야 해요.

하나의 달이 천 개의 강을 비추듯

정상에서 내려가는 길은 올라올 때 길이지만 다르죠. 봉우리를 향해 오를 때는 걸음을 멈추지 않아도 앞으로 펼쳐진 것들이 보였으나 내려갈 때는 멈추지 않으면 발밑의 땅만 보여요. 갑자기 멈추면 미끄러져 곤두박질하게 되죠. 내려가던 길옆 풀숲에 멈추면 먼 곳도 볼 수 있어요. 한산도, 비진도, 연화, 매물도, 사량도 등 다양한 섬들이 파노라마처럼 펼쳐있어요. 내려가는 케이블카에서 물었어요.

　파도야 어쩌란 말이냐.

　택시를 타라 하네요. 그래요, 예정된 시간이 기다리고 있거든요. 대기하고 있는 택시를 탔어요. 청마의 편지가 오천여 통 오갔던 우체국 앞에서 내렸어요. 예쁜 엽서와 종이에 사랑을 꾹꾹 눌러 썼네요. 어둠 쌓는 공기조차 봉투에 담았어요.

　파도야 어쩌란 말이냐.

　충무김밥 먹고 가라 하네요. 그렇지요. 먹어야 내일을 만나지요. 통영 택시 아주 친절해요. 충무김밥 아주머니도 역시 친절해요.

　밤 고속버스를 탔어요. 누구도 가지 않은 낯선 내일로 가려고요. 예정에도 없던 낯선 하루의 통영은 순간순간이 낯섦이었죠.

　삶은 낯섦의 연속이고 여행이네요.

　배웅하는 파도

　파도여 낯설어서 행복했네라.

(『한국수필』 2022. 01)

수필 사랑 해바라기

　빈센트 반 고흐 전. 작품마다 힘이 있어 좋다. 해바라기는 따뜻함의 상징과도 같아서 더 좋다. 키 크고 풍요로운 해바라기. 꽃말도 좋다. 수필을 사랑하고 후배 사랑이 깊은 분. 올해 미수(米壽)이신 분을 닮았다.

　등단한 지 한 해가 지났다. 수필의 날이 있다는 걸 처음 알았다. 제12회 수필의 날 행사가 여수에서 있다 하여 신청했다. 한국수필작가회 대표로 수필 낭독을 하게 되었다. 1박 2일 여정으로 떠나는 차 안에는 수필의 날을 제정한 분이 타셨다.

　그분께서 '수필이란' 무엇인지 지어서 주소와 함께 문자로 보내면 잘 표현한 사람에게 책을 선물로 보내준다고 하여 참여했다. 수필의 날을 제정한 분의 책을 선물로 받고 싶은 나는 '수필이란 사람'이라고 보냈다. 꼭 책을 받지 못한다 해도 수필의 날을 제정한 분과 차에 탄 것만으로도 설레고 기분 좋았다.

여수 시민회관 대강당 입구에서 행사를 계획하고 진행하는 작가들이 반겼다.

'수필의 역사를 짓다'의 1부 '미항, 여수의 중심에 서다'가 시작됐다.

"묵념."

수필의 길을 닦아놓고 떠난 분들을 생각하는 시간은 짧았지만 귀한 순간이었다. 나는 수필나무 한 그루 되어 잘 자랄 수 있기를 기원하며 마음에 심었다.

지연희 운영위원장의 개회 인사에 이어 신지영 여수지부장이 환영 인사를 했다. '수필의 날'을 제정한 분이 '수필의 날 선언문'을 낭독했다.

"…… 먼 훗날 많은 이들의 기억 속에 이날이 온전한 향기로 살아 있고, 보다 더 큰 빛으로 사람들 가슴을 안온히 감싸기를 소망하며, 이에 '수필의 날'을 제정한다."

그리고 올해의 수필인상 수상 소감이 끝나고 한국문인협회이사장 축사가 이어졌다.

2부는 '사람과 사람을 잇는 수필'로 박양근 수필가의 '해양문학과 수필문학'이란 주제의 문학 강연이었다. 인간과 생태를 연관시키는 생태문학으로 해양문학의 필요성. 바다와의 관계 맺는 해양수필은 수필가로서의 본분이라고 하는 게 새로웠다.

3부는 수필 낭독 시간. 최복선 시인이 윤오영의 「달밤」을 낭독했다. 나는 한국수필작가회에서 정해준 정목일의 「대금산조」를 낭독하기 위해 한복을 입고 무대에 올랐다. 시민회관 대강당 무대에서 내려다보이는 객석. 대한민국 수필가가 이렇게도 많았던가. 모두 8월의 수목과도 같은 모습으로 '수필의 역사를 짓'고 있었다.

며칠 후, 수필의 날을 제정한 분의 『퓨전수필을 말하다』와 『아포리즘 수필』이 왔다. 한참을 가슴에 품었다. 그리고 먹을 갈고 난 몇 촉을 쳤다. 선물 받고 카드로 인사드린 인연은 여수행 버스 안에서부터 그렇게 시작됐다.

내 모습 드러내지 못한 채 『현대수필』 원고 청탁받고 작품을 보냈다. 글쓰기 흔들림을 아셨을까. 이사회 참석을 청하셨다. 낯가림이 심한 나는 이사회비만 송금하기로 했다. 회비만 받을 수 없다고 하여 참석했다. 내 모습 드러낸 건 처음이었다. 그 후부터는 어디서든 인사드리면 잊지 않고 '최춘 씨~' 하고 끝을 살짝 올려 부르셨다. 어쩌면 아버지 음성처럼 들렸다.

'등단. 그것은 흔들림 없이 그 길을 가게 하기 위한 일종의 자격증 부여일 뿐.'

문득 긴장하게 하는 귀한 말씀 새기며 제18회 수필의 날을 맞았다.

4월 28일은 수필의 날을 제정한 분이 탄생하신 날이다. 그동안 7월에 행사를 치렀는데 2018년에는 수필의 날을 제정한 분께서 태어나신 날로 정했다.

서울 한국교회 백주년기념관 소강당. 접수대에서 봄꽃처럼 화사하게 반기는 작가들과 함께 인사하고 한 권의 책을 받았다. 짧지만 명료한 5매 수필의 미학 『나는 바람입니다』에서 시적인 「다비」를 만나고 「엄마의 가을 스케치」를 만났다. 기분 좋은 만남이었다.

제18회 수필의 날부터는 '제1회 윤재천문학상'이 제정되어 시상한다. 수필의 날을 제정하고 수필의 날 선언문을 낭독한 윤재천 선생님께서 매해 상금 300만 원을 기탁하여 한국문인협회에 관리와 시행을 의뢰하며 수필의 날에 시상하는 조약을 체결했다. 지극한 수필 사랑이고, 지극한 후배 사랑이다.

시상이 끝나고 수필 낭독과 함께 스크린에는 작품집 광고가 나온다. 가나다순. 나의 첫 수필집 『참 잘했다』가 나오는 순간 뒷자리에서 누군가 침묵을 연다.

"참 잘했다야, 참 잘했다."

나의 존재감을 확인시켜주는 것처럼 들렸다. 수필나무 하나가 제12회 수필의 날에 꽃 피고 제18회 수필의 날에는 열매 하나 맺었다.

해바라기 그림을 현관에 걸면 자녀에게 좋다고 한다. 우리 집 현관에 활짝 핀 해바라기. 키 크고 인자한 윤재천 선생님 같다. 해바라기 줄기를 닮은 초록빛 책꽂이에 나란히 있는 윤재천 선생님의 『수필학』, 『실험수필』, 『그림 속 아포리즘 수필』, 『구름카페문학상 작품 세계』는 양장본이고 두툼하다. 뵙고 인사한 적 없을 때 보내주신 교과서 같은 책이다. 수필 사랑 해바라기 마음으로 지그시 바라보며 응원하는 모습 같다. 좋은 기운이 후배인 내게 전해져 든든하고 좋다.

2013년 가을에 윤재천 선생님께 받은 『수필학』 20호는 비매품이다. 1992년 『현대수필』을 창간하고, 수필이론의 정립을 위해 『수필학』을 발간하여 수필을 사랑하는 작가와 도서관에 보내는 책이다. 1968년, 재직하던 대학에서 우리나라 처음으로 교과 과정에 '수필문학론'을 개설하여 강의했다는 것도, 2001년 수필의 날을 제정해 6회까지 행사를 주최하다가 7회부터 범수필계로 함께 하는 수필의 날이 될 수 있도록 한 것도 『수필학』 20호에서 알았다.

"평생의 반려자를 만난 '수필' 부분을 읽는데 왜 눈물이 났을까."

「일생, 수필의 길을 걸으며」에 있는 나의 메모. 고향에 가면 답이 있겠다.

윤재천 선생님의 고향 안성. 그곳에 가면 해바라기 꽃밭이 조성되어 윤재천 수필가 마을이 있으면 좋겠다. 해바라기 꽃밭에서 백일장 열고, 수필 낭독하며 수필의 날 잔치도 할 수 있는 마을. 해바라기 윤재천 수필가 마을이 있으면 좋겠다.

올해 미수(米壽)이시지요. 수필 사랑 해바라기 윤재천 선생님.

꽃말처럼 존경합니다. 사랑합니다. 당신을 바라보고 있습니다.

(『운정 윤재천 미수 기념문집』 2018)

한 편의 글을 쓰기 위하여

여행을 떠난다. 기차를 타거나 버스를 탄다. 급할 것도 바쁠 것도 없는 시간을 만들어 떠나는 혼자만의 여행에서는 오며 가며 보고 느끼고 생각한다.

기차는 청량리역에서 자주 탄다. 함박눈 꽃 펼쳐지는 겨울, 새싹 피어나는 파릇한 봄, 싱그러운 들판의 초록빛 여름, 울긋불긋 단풍 들어가는 가을 길에서 계절의 신비를 느낀다. 기차 종착역은 가깝지도 멀지도 않은 춘천이다.

상쾌한 바람이 반긴다. 햇살이 반짝이며 안내하는 명동거리를 걷다가 찻집에 들어간다. 창가에 앉아 괴테가 즐겨 마셨다는 모카커피를 마신다. 「키스 앤 세이 굿바이」를 들으며 찻집을 나온다. 우람한 소나무가 있는 국립춘천박물관에 들러 옛사람들의 삶을 만나고 향기를 품고 나온다. 시청을 지나 고려 시대 칠층석탑 앞에서 굄돌에 연꽃을 위로 새긴 앙련대(仰蓮臺)를 보고 잠시 마음을 모아본다.

그리고 소양강 산책로에서 민들레꽃에 반하여 카메라에 가득 담고 흐뭇하게 걷는다. 강 건너 불빛이 작별 인사인 양 깜박거린다. 능선의 저녁노을, 새날을 맞으러 가는 하루의 뒷모습이 아름답다. 춘천역이 보인다. 서울로 가는 기찻길 옆 밤 풍경이 나를 기다리겠다.

국립중앙박물관으로 전시 여행을 떠난다. '칸의 제국 몽골'이다. 한국과 몽골 공동 학술조사 20주년을 기념하여 마련한, 몽골 국가지정문화재 16건을 포함한 536점, 선사시대부터 근현대에 이르는 몽골의 역사와 문화를 대표하는 귀중한 유산을 만난다. 구성은 제국의 여명, 고대 유목 제국, 몽골제국과 칭기즈 칸의 후예들, 역사 속 한국과 몽골이다. 고려는 몽골제국의 침략을 받아 큰 시련을 겪었지만, 몽골제국의 등장으로 동서 간의 교류를 배경으로 국제 교역이 활발했던 역사 속 한국과 몽골을 생각한다. 세월이 가면 관계가 좋아지는가 보다. 퍽 다행이다.

호기심이 앞서가는 '황금문명 엘도라도'는 아마존 정글을 지나고, 안데스산맥을 넘어 잃어버린 황금 문명을 찾아가는 생생한 탐험의 길이다. 엘도라도의 주인공 콜롬비아 원주민들에게 황금은 신을 만나기 위해 신에게 바쳐야 할 소중한 것이었다. 황금으로 장식하고 새처럼 하늘을 날고, 악어처럼 물속을 헤엄치며, 재규어처럼 달릴 수도 있었다. 이렇게 황금은 원주민의 꿈과 이상을 실현하게 해주는 도구였다. 부활한 엘도라도. 스페인 사람들의 '엘도라도' 기록이다.

"온몸에 황금을 칠한 사람이 호수 가운데로 뗏목을 타고 가 황금과 에메랄드를 던진다."

'엘도라도'는 스페인 사람들의 탐욕으로 변질됐지만, 1969년 '무이스카 뗏목'이 발견되면서, 그 화려한 실체가 세상에 알려지게 되었다. 뗏목의 중앙에 족장이 있고 그를 둘러싼 사제들, 깃발을 들고 있는 사람 등 '스페인 연대기'에 기록된 내용과 같은 모습을 띠고 있었다. 이로써 그토록 찾아 헤매던 '엘도라도'가 무이스카 사람들이 호수에서 행한 의식이라는 것을 알게 되었다. 콜롬비아 정부는 과타비타 호수를 자연공원으로 지정해 '엘도라도'의 전설을 보존하고 있다.

롯데시네마 특별관 「마농」 발레 여행이다. 시원한 객실 창가에 앉아 주스를 마시며 명동 빌딩 숲을 내려다본다. 햄과 에그머핀, 샐러드는 점심이다. 런던 로열발레 공연 실황이 스크린에 펼쳐진다. 평민 출신의 소녀 마농이 수녀원 가는 길에 귀족 출신 데 그리외와 운명적인 사랑에 빠져 파리로 도피한다. 마농의 오빠 레스코가 돈 많은 권력자를 앞세워 누이동생의 마음을 돌리려 한다. 결국, 마농은 사치스러운 생활의 유혹에 굴복하고 오빠를 따라간다. 완벽한 발레다. 수수께끼 같은 삶의 무게가 오랫동안 남는다.

독서 여행을 간다. 도서관이나 서점에는 세상의 흐름과 색깔이 있다. 끝도 없는 앎의 허기를 채우려고 신간을 보기도 하고 고전을 책장에 기대어 읽기도 한다. 운 좋을 때는 창가에 있는 긴 의자에 앉아 읽는다. 그러나 그 짧은 시간에 앎의 허기를 채운다는 것이 어디 그리 쉬운 일이던가. 『아우구스티누스에게 삶의 길을 묻다』에서 "내가 만일에 의심하거나 오류에 빠진다면, 의심하는 나는 존재한다."를 만나고, 『사방이 온통 행복인데』에서 북아메리카 인디언 나바호족이 아름다운 대지를 찬양하며 부른 노래를 만난다.

앞에도 행복
뒤에도 행복,
아래도 행복,
위에도 행복,
주위 모든 곳에도 행복.

『빅 파바로티』에서는 미국의 비평가 헤럴드 C. 숀버그가 파바로티에게 보낸 찬사와 파바로티의 마지막 인터뷰를 만난다.

"하느님이 그의 성대에 키스했다."

"저는 정말 모든 것을 가졌습니다. 만약 하느님이 모든 것을 가져가신다면, 제가 누린 걸 그냥 돌려드리는 셈이 되겠지요."

여행에서 돌아와 글을 쓴다. 완성한 글을 다시 읽어 가며 다듬어 고친다. 한 번, 두 번, 세 번 …… 수정하여 탈고한다.

(178명, 평론가와 수필가가 쓴 『새로운 수필 쓰기』 2018)

하나의 달이 천 개의 강을 비추듯

날개

　대한민국 서울의 상징 남산. 자연을 사랑하는 「문학의 집 · 서울」. 2023년 3월 9일 오후 두 시 중앙홀에서 제22차 정기총회 시작을 알리는 합창 무대에 섰다. 창밖 잔디밭 지나 본관이 보인다. 그림 같은 유리창 안에 그녀가 있다.

　현역 문인 조병화 시인, 피천득 수필가가 들려주는 문학의 뿌리와 문학 발전을 듣는다. 성명만 보고 남성인 줄 알았는데 여성이라며 그녀를 소개하는 구혜영 소설가의 독후감 심사평도 듣는다. 그리고 이희자 시인의 부축을 받으며 본관 계단을 내려오던 박완서 소설가의 상징과도 같은 함박꽃 미소를 선물 받는다.

　숲과 문학의 만남. 덕유산에 간다. 2002년 7월 서울에서 같이 간 빗줄기가 가늘어졌다. 화가와 함께 있을 잣나무 숲 방보다 설레고 기대하는 곳은 잣나무 숲 시 낭송 무대이다. 흰 정장 차림으로 밤비 내리는 무대에 선 이옥희 시인이 학처럼 각인된다.

장소를 옮기고 캠프파이어 시간이다. 나지막한 언덕에서 내려다
본다. 황금찬 시인과 문인들의 밤 자체가 문학이다. 비 그치고 마
른 장작 쌓아 기름 붓고 양쪽에서 불씨 붙이니 거대한 한 송이 꽃으
로 활활 타오른다. 때가 되니 불꽃이 잦아든다. 숯불에 넣은 감자가
익기도 전에 잣나무 숲 방으로 가서 기절한 듯 잠든다. 화가가 그녀
몫으로 가지고 온 감자를 먹으라며 깨우고 새벽 물을 먹인다. 열린
백일장 참여 독촉하는 화가의 성화로 우수상 수상자가 된다. 그녀
는 퍽 운이 좋다.

2006년 남산 가을이 저물다. 문학기행을 제천「원서문학관」으로
간다. 마당에 오탁번 시인이 나와 계신다. 자갈밭 지나 교실로 들어
가니 훈훈하다. 장작 타는 난로를 중심으로 둘러앉아서 삶의 역사
를 듣는다.

이곳은 시인의 고향이다. 2002년 제천시 백운면 애련리에 있는
백운초등학교 애련분교를 매입해 원서문학관으로 꾸몄다. 2004년
3월 문예 창작 교실을 시작하면서 정식으로 문을 열었다. 폐교를
매입해 문학관을 설립하고 시 문학 발전을 위해 아낌없는 애정과
노력을 기울이고 있다는 것을 문학관 소나무와 돌에서조차 느낀다.

조금은 쉬엄쉬엄 문학의 길을 듣고, 문학을 아끼는 마음의 자세
에 대하여 듣는다. 다과 시간을 마치고 마당으로 나와 빠지면 안 되
는 단체 사진을 찍는다. 「원서문학관」 마당에는 흰 고무신 신고 배
웅하는 오탁번 시인의 모습, 그대로 멈추어 있다.

2007 세종대왕릉 문학 나눔 큰잔치. 여주에서 한다. 영릉 진입로 소나무에 오월의 비가 내린다. 무대장치 기사들이 우비 입고 사다리차에 올라 설치한다. 예술가들은 우비 입고 굵어진 빗속에서 능을 향해 잔치가 시작됨을 알리는 고유제를 올린다.

사랑하라 사람아. 봄날의 꿈. 동화적이고 환상적인 복합장르 음악극. 인생의 사계절을 표현한 우리 시 30편을 엮어 연극, 무용, 음악 등 여러 장르를 예술가들이 봄밤에 문학의 향연을 벌인다. 정동환 배우의 몸에서 뿜어나오는 심오함과 임동창 피아니스트의 웅장한 연주 소리가 마음을 깨워 일으킨다. 배우들이 세종대왕릉으로 올라가고 관객들은 능 아래에서 호흡을 맞춘다. 자음과 모음이 별처럼 능에 빛나는 순간, 능 아래 사람들이 능을 향해 경배한다. 그리고 마음으로 듣는다. 사랑하라 사람아.

2022년 12월 21일 대한민국 서울의 상징 남산에 눈이 쌓였다. 축복 같은 눈이 「문학의 집 · 서울」에도 내렸다. 중앙홀 무대에서 합창하고 수필 낭독 무대에 섰다. 피천득, 「기도」, "말로 표현을 하든 아니하든 간절한 소망이 있으면 그것이 기도입니다." 창밖 본관 앞 깨끗한 눈밭에 앉는다. 문학의 별님들께서 내려주신 하얀 눈 위에 기도하듯.

「문학의 집 · 서울」 개관 소식. 그녀는 어찌 알았을까. 그녀의 남편이 서울시 소식지를 가져다주었다. 「문학의 집 · 서울」 행사에 다니는 걸 응원했다. 그녀는 2010년 수필가로 등단하고 2021년 「문학의 집·서울」 회원이 되었다.

2023년 총회를 여는 합창 무대에서 보이는 본관 안에 있는 그녀. 중앙홀 무대에서 합창한다. 더 나은 내일을 꿈꾸며 날개, 날개를 활짝 펴라.

(『문학의 집 서울』 2023. 04)

제4장

햇살에도 향기가 있어

...

우중 산책

    비에 젖은 기차가 멈춘 곳은 남춘천역이다. 우산을 쓰고 춘천을 향해 걷는다. 가끔 쏜살같이 달리는 차가 일으키는 물보라에 옷이 젖기도 하지만 우산으로 떨어지는 빗방울의 멜로디는 정겹다.

    명동 낭만시장을 지나 찻집에 들어선다. 밝지도 어둡지도 않은 찻집. 창가에 앉는다. 고향에 가면 아버지가 타주시던 커피, 모카커피를 주문한다. 유리창에는 빗줄기가 사선으로 흐르고 이어폰에서는 호세 펠리치아노의 「비」가 더 캐스케이즈의 「비의 리듬」을 타고 아하의 「비를 맞으며 울다」가 흐른다. 저쪽 둥근 나무 선반 같은 곳에는 크고 작은 바구니가 걸려있다.

    그랬다. 고향 집 토광에도 저렇게 올망졸망한 바구니가 나란히 걸려있었다. 다래끼, 광주리, 바소쿠리⋯⋯. 아버지가 싸리나무로 직접 엮어서 만든 거였다. 짬이 날 때마다 사랑채 마루에서 만든 아버지의 바구니는 어린 우리의 간식을 위한 거였다.

하나의 달이 천 개의 강을 비추듯

아버지의 푸르고도 젊은 날. 앞산 뒷산에 비가 내리고 안개 낀 숲속에는 그 무엇이 있었다. 아버지는 검은 장화를 신고 다래끼의 멜빵을 엇메고 산으로 가셨다. 얼마 후 옷은 다 젖었지만 뿌듯한 모습으로 대문을 들어서셨다. 숲속에서 아버지를 기다린 건 싸리버섯이었다.

어린 우리가 버섯을 다듬으면 어머니는 삶아서 채 썬 감자를 넣고 들기름으로 볶아 맛과 향이 좋은 요리, 세상에 둘도 없는 요리로 밥상을 풍요롭게 하셨다. 먼 훗날 먹은 고기 맛보다 더 맛있는 싸리버섯 요리였다.

앞산 뒷산에는 맑은 날에도 그 무엇이 있었다. 아버지는 여전히 짬을 내어 장화를 신고 다래끼의 멜빵을 엇메고 산으로 가셨다. 깊은 산골짜기에서 아버지를 기다리는 건 또 무엇일까. 다래와 머루였다.

아버지와 어머니는 항아리 맨 밑에 짚을 깔고 그 위에 다래와 머루를 놓고 또다시 짚을 깔고 다래와 머루를 놓으셨다. 서늘한 토광에 둔 항아리에서 며칠 동안 잘 익은 다래와 머루. 말랑말랑하고 새콤달콤한 그것은 우리가 학교에서 돌아와 먹는 간식이었다. 아버지와 어머니도 그 맛좋은 산과일을 드셨을까. 그러나 드시는 걸 본 기억이 없다.

아버지가 좋아하고 내가 좋아하는 모카커피가 아버지의 향기인 듯 그윽한 찻집. 이어폰에서는 맨하탄스가 굵고도 나직하게 노래한다. 「키스 앤 세이 굿바이」.

찻집을 나와 걷는다. 명동을 벗어나 어디쯤일까. 아담한 집 담 옆에 있는 작은 비닐하우스. 문이 양쪽으로 열려있다. 빨갛게 완전히 익은 것과 조금 덜 익은 주황색, 그리고 노르스름하게 익어가는 것, 그야말로 빨주노초 토마토다. 아직도 가랑비가 내리고 있지만 하우스 토마토는 비 한 방울 맞지 않고 탱글탱글하다. 나에게 따라고 한다면 허리 한 번 펴지 않고 금세 한 바구니 가득 따겠다.

아버지의 푸르고도 젊은 날에는 비도 참 많이 내렸다. 홍수는 개울둑은 물론 논둑 밭둑 다 무너뜨리고 무섭게, 무섭게 소리를 남기며 농작물을 휩쓸어갔다. 개울 건너 밭에는 무엇 하나라도 남아있을까. 황토물 휘돌아가는 개울이 우리 집 마루에서도 내려다보였다. 그런데도 아버지는 여전히 다래끼의 멜빵을 엇메고 대문을 나서셨다. 어머니의 걱정에도 아랑곳하지 않고 말이다.

꼬불꼬불한 논길을 따라 성큼성큼 걷는 뒷모습. 붉은 물살에 개울 건너 버드나무가 비스듬히 아버지 쪽으로 왔다가 가기를 반복하는 찰나에 아버지는 나뭇가지를 휘어잡고 건너셨다. 얼마 후 아버지는 참외와 토마토를 가득 담은 다래끼를 옆으로 잡고 대문으로 들어오셨다. 아무렇지도 않은, 그저 누구나 하는 일인 양 덤덤한 표정. 이제 내가 그때의 아버지보다 훨씬 나이 들었어도 이해하기 어렵다. 아버지 등에는 보이지 않는, 지워지지 않는 아버지만의 말씀이 있었다.

하나의 달이 천 개의 강을 비추듯

아버지니까.

비가 오면 아버지의 푸르고도 젊은 날이 생각나고, 검은 장화 신고 다래끼의 멜빵을 엇메고 산으로 가시던 모습이 두 눈에 가득하다. 그러다가 꽃을 보면 꽃 속에 아버지가 계시다.

아버지의 푸르고도 젊은 날. 가끔 아주 가끔은 꽃이 앉은 지게를 지고 대문을 들어서셨다. 그 들꽃다발, 부엌에서 일하는 어머니 기분 좋아지라고 문 앞에 놓고 까치 그림도 붙이셨다. 마당에는 국화, 뒤란에는 도라지꽃, 맨드라미, 해바라기가 한창이게 하셨다. 그래서였을까. 고향의 앞산도 덩달아 꽃동산을 이루었다.

아버지 봉분이 생기고 그 앞에서 내려다본 앞산. 개나리, 진달래, 복사꽃까지 피는 산자락과 골짜기 낙엽송밭 위로 뻗어 올라가는 산등선은, 연둣빛 나뭇잎으로 이루는 꽃동산이었다. 마치 아버지의 꽃동산 같았다.

아버지가 걸음걸음 디디시던 황톳길에는 마차가 지나가도 끄떡없이 자라는 질경이, 돌 틈에서 뿌리를 내리고도 피는 민들레, 가시 많은 엉겅퀴, 잔잔한 망초… 온갖 꽃들이 피어 아름다운 꽃길을 만들었다. 벚꽃도 피어 터널을 이루니 꽃동산으로 들어가는 꽃길이었다. 이 또한 아버지의 꽃길 같았다.

꽃은 그냥 피는 게 아니다. 씨앗을 터트리는 아픔도, 목마른 고통도, 비바람의 흔들림도 견뎌야만 한 송이 꽃이 핀다. 꽃은 밟히고 꺾여도 꿋꿋하게 살아내야 한다. 열매를 맺어야 하니까. 꽃잎은 떨어져 거름이 되고 열매 맺는 일에 지극히 평범할 뿐이다. 평범한 게 가장 어려운 일이라는데 그 일을 온전히 마쳤으니 꽃은 지극히 귀하다.

구십 세 꽃잎 접은 아버지. 세 살 때 엄마, 여섯 살 때 아버지 여의어, 아버지의 할아버지 할머니 품에서 자란 아버지. 하늘로 가는 꽃길 터널 지나 꽃동산 닿을 즈음. 아버지의 엄마, 아버지, 할머니, 할아버지는 물론 집안 어른들까지 대문 활짝 열어놓고 마중했겠다. 세 살 아기로, 여섯 살 아이로 응석도 부리시겠다. 꽃 대궐 그 속에서 가장 어린 아버지. 아버지가 아닌 아기로 많이 행복하시겠다. 우리 아버지.

오늘도 여전히 내 삶의 방향에는 아버지가 계시다.

(『월간문학』 2019. 07)

족두리꽃

세상 구경 마치고 훨훨 날아가는 길 깨끗해서 좋겠다. 푸르른 나무도 활짝 핀 꽃들도 온갖 먼지 씻어내고, 깨끗한 하늘길 열어주어 좋겠다. 우리 엄마.

"예쁘게 가셨네, 예쁘게 가셨어. 참 예쁘게 가셨어."

장례식장 영정 앞에서 어르신들이 한마디씩 했다.

폭우와 코로나19가 무섭기도 하다. 장대비가 반짝 쉬고 햇빛이 쏟아진다. 고운 햇살이 족두리꽃밭에서 축제를 연다. 마당 수돗가에서부터 담 따라 대문 밖 정자(亭子) 가는 길 백합도 피었다. 초록빛 질경이 카펫이 싱그럽다.

아버지는 엄마한테 각별하셨다. 누구한테도 주면 안 되는 엄마통장, 처음 생겼을 때 가입한 국민연금, 아버지 연금 일부를 받을 수 있는 증서. 엄마 마음 든든하게 하신 아버지는, 앞산 뒷산에 벚꽃 피는 날, 하늘나라 꽃동산으로 가셨다.

엄마에게는 타향에 사는 자녀 집에서 하룻밤 머무는 것이 대단한 일이었다. 딸은 남이라는 마음이 아니면 이틀이라도 머무르실 거다. 냉정하게도 혼인한 자녀 집에는 거의 다니지 않으셨다. 부모를 만나려면 고향 집으로 가야만 했다. 그런 엄마가 살림살이를 그대로 둔 채 손가방 하나 들고 아들 집으로 가셨다.

엄마는 아들에게 현금은 물론 통장과 도장까지 맡겼나 보다. 나를 만나면 "나 잘했지"라고 물으셨고 나도 "잘했어."라고 했다.

엄마에게 소중한 아들은 주말에 엄마를 모시고 고향 집에 다녔다. 엄마는 사랑채 바깥 마루에 앉아서, 텃밭 가꾸는 아들 내외 보는 게 일이었고, 밭농사가 어설픈 아들 내외는 재료 사는 돈이 더 들어도 일했다. 엄마는 아들 그림자만 보아도 좋고, 엄마의 아들은 엄마의 눈길 받으며 고향 집 안부를 챙겼다.

엄마의 집은 담 따라 채송화, 봉선화 피고 나팔꽃이 피었다. 담보다 높이 자란 접시꽃 피고, 족두리꽃, 과꽃이 피었다. 월요일부터 금요일까지 꽃이 집을 지켰다.

엄마의 동선은 다섯 해가 같았다. 주말에 남동생이 엄마를 모시고 다니니, 친척도 형제도 엄마의 집으로 모였다. 동생은 마당에 평상을 새로 만들어 놓고 올케는 형제를 위해 상을 차렸다. 옥수수 찌고 삼겹살 굽고 바비큐, 피자도 만들었다.

평상 의자를 바짝 당겨 앉아서 턱 괴고, 별은 언제나 반짝반짝 가슴 설레게 한다고, 산들바람 향기 맡으며 풀잎 소리 따라 긴긴 이야기 하는데, 거실 창밖 마당을 내다보는 엄마. 아기 같다.

내가 고향 집을 그리워하듯, 엄마도 엄마의 고향, 어린 시절을 그리워하겠지. 엄마의 아버지, 엄마, 사범학교 학생으로 학생운동에 가담하여 하늘로 간 오빠 생각도 나겠지. 어쩌면 어린 엄마를 '아기씨'라 부르며 살펴주던 돌봄 언니가 그립기도 하겠지.

"형님, 어머님 지금 독서 중이세요. 형님 책을 몇 번째 읽고 또 읽고 계세요."

올케가 휴대전화로 보낸 사진. 엄마가 거실 소파에 기대앉아 책 읽는 모습이다. 돋보기안경과 햇빛도 책 읽는 옆모습이니, 주방에서 찍은 게 분명하다. 옆모습 저쪽 유리창 밖에서 햇살이 들여다보고 있다. 눈이 부시게.

동생 집에도 엄마 방이 있지만, 올케는 엄마에게 거실을 쓰게 했다. 엄마는 거실에서 TV 보며 아들, 손자, 손녀가 오며 가며 하는 인사 받고 덕담도 하셨다. 주방에서 음식 만드는 며느리와 나누는 이야기는 엄마 젊은 시절 이야기이고, 들어주는 며느리는 "네, 네에~"였다. 손자, 손녀는 물 한 잔 과일 한 조각도 할머니께 먼저 드리게 되고, 안색이 다르면 금세 살펴드렸다. 마치 엄마 어린 시절 대가족이 아기인 엄마한테 눈길 한 번 떼지 않고 보살피는 풍경 같다.

토요일 오후, 내 아들에게서 동영상과 사진이 왔다. 고향 집 풍경이다. 내가 참석하지 않았다고 아들이 외가에서 보낸 거다. 대문 밖 밭에서 토마토 따고 마당 수돗가에서 물놀이도 하고 거실에서 강낭

콩 까며 노는 내 손녀. 마당 평상에서 김치 담그는 내 형제와 친척들. 그 모습 바라보는 엄마는 아기 같다.

며칠 지난 수요일. 엄마가 영면하셨다. 밥 한 숟갈 뜨고 머리 아프다며 소파로 옮겨가 엄마의 아들 무릎 베고 잠드셨다. 그 순간 엄마는, 엄마의 아버지 무릎 베고, 엄마의 엄마, 오빠 만나는 아기였을까. 댕기 날리며 뛰놀던 엄마 고향 집 아기였을까. 부모 일찍 여읜 엄마는, 엄마의 아버지 무릎이 그리웠나 보다. 삶이 소풍이었다면, 마냥 행복했을 아기로 가셨기를 믿는다. 엄마의 아들 무릎 베고 가신 엄마.

엄마의 집 안팎에 활짝 핀 족두리꽃. 꽃말이 '불안정'이란다. 내가 생각하는 삶도 불안정의 연속이다. 족두리꽃은 이름처럼 여자가 혼인할 때 머리에 쓰는 족두리를 닮았다. 족두리꽃의 꽃말처럼 불안정한 삶을 머리에 얹고 출발했을 엄마. 가만히 있어도 파르르 떨리는 족두리꽃잎 같은 삶이었겠지만, 족두리 내려놓은 삶은 꽃밭이다.

예식이 끝난 오후. 족두리꽃 활짝 핀 엄마 집에서 나비 떼가 축제를 열고 있다. 지붕을 넘어 안마당 꽃밭으로 갔다가, 다시 지붕을 넘어 바깥마당으로 나와서 꽃담 따라 빙빙 파도타기를 반복한다. 어디서 이 많은 나비가 왔을까. 엄마 같다. 나비 되어 나비 친구들 데려와 노니는 엄마 같다. 엄마의 머나먼 고향, 어릴 적 친구. 나비 친구 많기도 하다. 예쁘게 가신 우리 엄마.

(『한국수필』 2021. 06)

무릉도원

복숭아

택배가 왔다. 부드러우면서도 단맛이 높은 황도다.

아득히 먼 옛날. 산모퉁이 돌아 나타난 아주머니. 보자기로 덮은 광주리를 머리에 이었다. 복숭아 장수다. 흰 보자기 위에서 아침 햇살이 눈부시게 반짝인다.

아랫마을에서도 앞쪽에 있는 우리 집으로 먼저 올 거라고 짐작했다. 그래도 혹시나 지나칠까 봐 길에 나가서 기다렸다. 우리는 장수가 '어느 집부터 들어갈까' 하고 머뭇거릴 사이도 주지 않고 갈림길에서부터 에워싸고 데려왔다.

감나무 그늘 내린 사랑채 바깥 마루. 우리는 마루에 올라서서 복숭아 장수가 광주리를 힘겹게 내려놓는 걸 도왔다.

광주리 옆에 내려놓은 뜨겁고 납작한 똬리. 혼자서는 내려놓지도 올려 이지도 못하는 복숭아 광주리를 이고 십 리를 걸어왔을 아주머니. 광주리 덮은 삼베보자기. 침묵으로 고요했다.

우리는 어머니가 안에서 빨리 나오기를 재촉하듯 대문을 뛰어드나 들었다. 어머니는 늘 그랬듯이 복숭아 장수 아주머니를 위해 상을 차리셨다. 사각 상에 차린 건 감자 넣은 밥에 열무김치와 고추장이었다.

장수는 어머니 앞에서 삼베보자기를 젖혔다. 복숭아가 상처 나지 않도록 광주리 바닥에 보자기를 깔고 그 위에 복숭아를 놓았다. 아버지 주먹만 한 복숭아, 뽀얀 털에 볼그스름한 복숭아, 과수원에서 제일 크고 예쁜 것만 담아온 것 같았다.

우리는 광주리에 둘러앉아서, 아주머니가 얼른 밥을 다 먹기를 바랐고 어머니가 어서 토광에서 곡식을 가지고 나오기를 기다렸다. 복숭아를 앞에 놓고 어머니를 기다리는 시간은 십 분도 채 안 되었지만 한 시간보다 더 길고도 지루했다.

어머니가 나오셨다. 흰 박꽃이 맺은 열매를 반으로 쪼개서 삶아 말린 뒤에 속을 걷어 낸 바가지. 달빛처럼 고운 바가지에 담아온 보리쌀과 복숭아를 맞바꾸었다. 장수는 똬리를 머리에 얹고 끈을 입에 물었다. 조금 가벼워진 광주리를 어머니의 도움을 받아 이고 다른 집으로 길을 나섰다. 맡겨놓은 보릿자루가 사랑마루에서 장사 나가는 주인을 배웅하는 듯 다소곳했다.

어머니는 복숭아 담은 바가지를 토광에 두셨다. 그리고는 하던 일에 여념이 없으셨고 우리는 복숭아 냄새라도 맡으려고 토광 문을 열었다가 닫았다가 했다. 아버지가 오실 때까지 그랬다.

가족이 다 모였다. 뽀드득 소리가 날 만큼 씻은 복숭아를 하나씩 받았다. 마지막 하나는 아버지 손에 있었다. 우리는 복숭아를 입에 대지 않고 아버지 손에 있는 복숭아에 눈빛을 모았다. 역시 그랬다. 아버지가 꼭지 부분에 양손 엄지를 대고 힘을 주셨다.

쩍!

반으로 갈라졌다. 씨에 살 한 점 붙지 않았다. 복숭아 속살에는 씨의 결이 갈색으로 선명하게 박혔다. 아버지는 반쪽 하나를 어머니한테 건네고 나머지 반쪽 하나를 드셨다. 한여름 과수원 복숭아 잔치는 행복했다.

그랬다. 일주일에 한두 번. 산골짜기 마을 오솔길 옆 풀잎의 이슬이 마를 즈음. 미루나무 즐비한 산모퉁이에 새하얀 보자기로 덮은 광주리를 인 아주머니가 나타났다. 덕분에 싱싱한 과수원 복숭아를 먹을 수 있었다. 아주머니가 오지 않는 날에는 앞산 기슭으로 갔다. 야생 열매를 찾아서.

개울 건너 작은 언덕을 오르면 산기슭에 밭이 있었다. 밭둑 한쪽에 찔레 덤불과 칡넝쿨에 둘러싸여 있는 나무 한 그루. 그 나무는 키 크고 가지도 우리가 올라가서 열매 따기 알맞게 옆으로도 잘 뻗어 있었다. 주렁주렁 열린 열매는 꼭 아기 주먹만 했다. 우리는 그것을 주먹 복숭아라고 불렀다. 나무는 그늘도 좋았다.

오후가 되면 그곳으로 갔다. 꼬불꼬불한 오솔길을 동네 아이들이 앞서거니 뒤서거니 땡볕을 받으며 갔다. 이른 아침에 걷은 거미줄이 감겨 있는 싸리 채와 보릿짚으로 만든 매미 집을 들고 말이다.

길가에 있는 집집의 밭둑에는 토마토가 있고 오이와 참외도 있지만, 유혹에 빠지지 않고 주먹 복숭아만 생각하고 갔다. 여름에는 거의 날마다 갔을 기억 속에는 갈 때마다 복숭아가 몇 개씩 익었고 그만큼만 땄다. 복숭아나무 그늘 내린 바위가 널찍하게 둘러 있어서 숫자놀이, 채집 놀이하기도 좋았다.

햇살의 힘이 느슨하질 때 언덕을 내려왔다. 내일도 잘 익은 주먹 복숭아가 기다릴 거라는 믿음을 가지고 대문 안으로 들어섰다. 새로이 빛을 발하는 하늘을 올려다보며 수많은 별자리에서 북두칠성을 찾았다. 그리스 신화에서 여신 헤라의 젖이 내뿜어져서 생겼다고 하여 밀키웨이라고 하는 은하수는 꿈길이었다.

안평대군이 박팽년과 함께 무릉도원을 노닐던 꿈을 꾸었다. 화가 안견에게 말했다. 안견은 사흘 만에 그림을 그려서 안평대군에게 바쳤다. 이에 안평대군이 직접 「몽유도원도」라고 제목을 붙이고 칠언절구 시를 썼다. 무릉도원에 사는 사람은 근심 걱정이 없는 사람들, 바로 신선이라고 한다.

행복과 부귀를 상징하는 나무. 천도복숭아는 천상에서 열리는 과일로 이것을 먹으면 죽지 않고 장수한다는 전설이 있다. 과수원 복숭아 먹고, 산기슭 주먹 복숭아나무 아래에서 놀던 고향이 무릉도원이었다면, 버튼 하나 누르면 현관까지 배달해주는 이 순간을 살아가는 찰나가 행복이고 이 자리가 무릉도원이겠다.

(『한국수필』 2019. 07)

복 받을 겨

이른 아침. 큰아이가 첫 계단을 내려서다가 돌아서서 내 팔을 잡는다.

"복 받을 겨."

하고 웃는다. 그리고 이어서 말한다.

어제 퇴근길이었다. 지하철을 타려고 계단을 내려가는데 한 할머니가 김치통을 양손에 들고 올라오셨다. 많은 사람 사이에서 한 통을 계단에 놓고 한 칸 오르고, 또 한 통 계단에 놓고 한 칸 오르고 계셨다. 계단을 거의 다 내려온 큰아이는 그 김치통이 엄청 무거워 보였다. 큰아이가 김치통을 들어드리느냐고 물었다. 할머니는 간신히 얼굴을 들고 내 아이 얼굴을 보더니 싱긋 웃었다. 큰아이는 허리와 양손에 힘을 잔뜩 주고 들었다. 웬걸. 빈 통이었다. 할머니는 김치통이 무거워서 한 칸 한 칸 짚으며 들어 올린 게 아니고 허리가 굽어서 김치통을 짚고 오르셨던 거였다.

그 할머니는 당신의 아들 집에 김치 가져다주고 빈 통을 가지고 오는 길이라고 하셨다. 내 큰아이는 김치통 두 개를 한 손으로 들고 할머니를 부축하여 계단을 올라왔다. 할머니는 내 아이의 팔을 덥석 잡았다.

"복 받을 겨."

큰아이의 팔을 쓰다듬고 또 쓰다듬으면서 그 말을 연거푸 하셨다.

큰아이는 출근하는 아침까지 어제 그 순간이 남았나 보다. 그 할머니가 하셨던 대로 내 팔을 잡고 쓰다듬고 또 쓰다듬으면서 말한다.

"복 받을 겨."

그 할머니가 이렇게 했다고.

큰아이는 그렇게 훈훈한 기운을 내 팔에 남기고 출근했다. 잠깐이었지만 그 말이 내 몸으로 전이되었나 보다. 큰아이의 음성이 가슴 저 깊은 곳에서 울리고 팔은 아이가 쓰다듬던 손끝의 힘으로 복을 받는 기분이다.

복을 빌어주는 소리는 언제 들어도 좋다. 나는 누군가에게 복을 빌어주는가.

큰아이가 직장에 다니기 전까지는 내가 아이의 이름으로 후원금을 보냈다. 그것을 아는 아이가 첫 월급을 탔다. 성당에서 봉사활동 나갔던 곳, 장애인을 돌보는 수녀원으로 후원금이 나가도록 자동이

체 신청을 했다고 했다. 그리고는 승진할 때마다 조금씩 더 올려서 나가도록 했다. 매월 큰아이의 통장에서 후원금이 나갔는지 확인하지 않아도 나는 알 수 있다. 수녀원에서 오는 책자는 아주 친절하다.

"고마운 후원자님들입니다."

그 아래부터는 깨알과 같이 작은 성명이 빼곡하다. 명단을 들여다보면 나도 모르게 감사의 기도를 올리게 된다. 누군가를 위하여 기도하고, 누군가를 위하여 좋은 일 하는 사람들, 그리고 내 아이도 후원자 명단에, 돋보기로 보아야 볼 수 있는 작은 글씨로 된 명단, 그 안에 들어가 있다는 것이 고마워서 말이다.

후원자 명단 빼곡한 책 페이지 넘기며 마음을 모은다.

복 받을 겨.

(『청암문학』 2019. 가을호)

남자의 마음

밤 열두 시가 훌쩍 지난 시간. 작은아들이 찬바람과 어둠을 달고 현관에 들어선다. 싱긋 웃는다. 코트 안주머니에서 하얀 봉지를 꺼낸다. 붕어빵 다섯 개가 그 안에 들어있다.

"웬 붕어빵?"

"어제 어머니가 붕어빵 잡숫고 싶다고 하셔서요."

"우리 집 근처에는 없던데?"

"사거리에서 샀어요."

"추운데 일부러 차에서 내렸어?"

"잠깐인데요 뭐, 식을까 봐 옷 속에 넣고 다시 차 타고 왔어요."

잠깐, 아주 잠깐 「반중 조홍감이」를 생각한다.

반중(盤中) 조홍(早紅)감이 고와도 보이나다
유자(柚子) 아니라도 품음직도 하다마는
품어 가 반길 이 없을 새 글로 설워하나이다.

하나의 달이 천 개의 강을 비추듯

박인로가 마흔 살이었을 때, 이덕형에게서 일찍 익은 감을 받고 돌아가신 어머니를 그리워하면서 지은 시조다.

박인로는 소반 위에 놓인 홍시를 보며 중국 오나라 사람 육적(陸績)처럼 어머니에게 드리기 위해 홍시를 품어가고 싶은 마음이 들었다. 그러나 홍시를 가져가도 반겨줄 어머니가 없다는 사실을 새삼 느끼며 서럽다 했다. 어머니를 생각하는 마음이 따뜻하고 애잔하다. 어쩌면 박인로는 어린 육적을 생각하며 어머니의 그리움을 다독이지 않았을까.

육적이 여섯 살 때였다. 원술(袁術)의 집에서 접대로 내놓은 유자를 먹지 않고 품에 넣고 나오면서, 허리 굽혀 인사하는데 유자가 품에서 나와 땅에 떨어졌다. 원술이 그 까닭을 물으니, 육적은 어머니께 가져다드리고 싶어서 그랬다고 했다. 원술이 어린 육적의 효심에 감동하여 귤을 더 싸주었다. 나중에 원나라 시절 곽거경(郭居敬)이 중국의 대표적인 효자 24명의 효행을 쓴 『이십사효(二十四孝)』에 실릴 정도로 효에 관련된 유명한 일화가 되었다. 그리고 육적은 매우 청렴한 관리 생활을 해 백성들의 존경을 받았다.

여섯 살의 육적이 품에 넣은 유자(柚子), 마흔 살의 박인로가 유자 아니어도 품음직도 하다는 조홍(早紅)감, 청년인 내 아이가 차가워질까 봐 품에 넣은 붕어빵.

시대와 상황이 달라도 아들이 어머니를 생각하는 마음은 어린이나 어른은 물론 청년도 똑같다는 생각을 한다.

남성이면서 연세 지긋한 스승의 나직한 말씀이 떠오른다.

남편이 아내한테 '당신이 최고'라고 하는 건 어머니 다음이라는 거다. 남자한테는 어머니가 먼저다. 아니, 먼저라고 할 것 없이 어머니는 자신과 같은 존재다. 나이 들어갈수록 더 그렇다. 부모한테 효도하는 남편이어서 고생한다는 아내가 있는데, 부모에게 효도하는 남편을 둔 아내는 행복한 거다. 부모한테 효도하는 남자는 아내한테도 잘한다. 부모한테 함부로 하는 남자는 아내한테도 함부로 한다.

남자는 가슴에 어머니를 담고 살아간다. 그래서 남자는 자연스럽게 어머니 닮은 여자와 결혼하고 행복을 누린다. 세상 모든 남자가 아내보다 어머니를 마음에 품고 산다고 생각하면 속 태울 일도 없고 다툴 일도 없다. 세상이 변해도 어머니와 아들 사이는 변하지 않는다.

남자의 마음을 연구한 여성 학자의 글도 떠오른다.

어떤 남자가 아내한테 잘하고 가정에 충실한가. 당연히 부모한테 효도하는 남자는 부모를 대하듯 아내에게 친절하고 자녀들과도 사이가 좋다. 가정도 화목하여 행복 지수도 높다. 여자가 남자를 선택할 때 부모에게 효도하는 것 하나만 보고 결혼해도 성공한 결혼이다.

스승의 말씀과 미국 여성학자가 연구한 결과라고 해서가 아니더라도 주변을 보면 그 말을 실감하고 느낀다. 내가 사는 곳은 단독주

택이 많은 곳이다. 삼 대가 사는 집을 보면, 아들은 부모에게 공손하고 아내에게는 부드럽다. 자녀들도 예의가 바르다. 물론 이웃 사람 대하는 자세에도 예가 남다르다.

남자 마음이란 그런가 보다. 내 아들을 보면서 남자의 마음을 알 듯하다.

자정을 훌쩍 넘긴 새벽으로 가는 어젯밤. 무심코 붕어빵 먹고 싶다고 했던 말조차 까맣게 잊고 있던 나는 옛날, 아주 옛날 사람들의 효심 어린 이야기에 잠겼다.

"에그, 붕어빵은 바삭바삭해야지 맛있는데 금세 말랑말랑해졌네, 어서 드세요."

(『한국수필작가회 대표작 선집』, 2021)

보석

　상자. 앙증맞다. 상자를 묶은 리본도 앙증맞다. 뭘까.

　야구 시즌이었다. 작은아들이 아르바이트한다고 했다. 나는 그 시간에 공부하라면서 안 된다고 했다. 아들은 야구를 좋아하니까 돈 주고도 가서 볼 텐데 허락해 달라고 했다. 당일에 치르는 경기를 보고 선수들의 활약과 내용을 인터넷 야구 전문 신문에 올리면 되는 것이라고 했다. 그런 데다가 좋아하는 팀이 있는데 마침 좋아하는 팀 경기를 본 후 기사를 쓰게 됐고 하루에 네 시간 관람하면서 식사하고 간식 먹으며 쓰는 것이라고 했다. 며칠 동안 나를 설득했다. 나는 그만 그 설득에 져주었다.

　첫 기사가 궁금했다. 다른 기자들처럼 잘 썼을까. 독자가 이해하기 쉽게 썼을까.

　무심한 척했지만, 아들이 적어놓은 인터넷 주소로 들어가 보았다. 기자 이름을 찾았다. 기사를 끝까지 읽으며 걱정하던 것과는 다르게 잘 썼다. 야구 전문 용어를 제대로 모르는 나도 어떻게 경기를 치렀는지 알 수 있었다. 기특하다는 생각보다 다행이라는 생각이 더 들었다. 다른 기자들의 글도 읽어보았다. 어느 댁 자녀들인지 모르지만 어쩌면 그들의 부모님도 나처럼 잘해 주기만을 바라는 마음 간절했을 거라는 생각에 모두 내 아이처럼 기특하고 뿌듯했다. 아르바이트 기자지만 전문 기자처럼 잘 쓰기를 기원하면서 한 달을 지냈다.

첫 달 받은 돈 봉투를 내게 보여주었다. 얼마인지 짐작은 했지만, 돈까지 보여주지는 않았다. 싱글벙글거리는 걸 보면 퍽 좋은 모양이었다.

추석 쇠라고 금일봉. 가족들 백화점 가서 옷 사 입으라고 금일봉. 그리고 자신에게도 금일봉을 준다고 너스레를 떨었다.

야구 시즌이 끝났다. 아르바이트도 끝났다. 서운할 것 같기도 한데 그렇지 않아 보였다. 여전히 기분 좋은 얼굴이었다. 내게 주는 건 뜻밖에도 작은 상자였다.

보석 가게 주인아주머니가 기특하다고, 그런 아들 탐난다고 하면서 잘해 주었다고 했다. 그리고는 팔찌를 내 손목에 채워주었다.

"외출할 때 꼭 하고 다니세요."

나는 그 돈을 몽땅 저축할 줄 알았다. 아니면 자신을 위한 것을 살 줄 알았다. 그런데 본인 것은 안 사고 이 어미 것만 사 왔다. 내 아들, 야구 기자의 고집은 누구도 어찌하지 못했다. 그 야구 기자는 자신을 위한 비상금도 남겼다고 했다. 그리고 장애인을 돌보는 수녀원에 보낼 후원금도 남겼다고 했다. 매월 내가 아들 이름으로 보내던 후원금이었는데 이제는 자신이 아르바이트해서 모은 돈으로 보낼 거라고 했다.

그 후 후원금은 아들의 돈으로 보내고 있다.

서랍에 있는 앙증맞은 상자. 상자 속의 보석. 귀하고 예쁘다.

내 안의 보석은 진정 아들인 것을.

(『한국수필작가회 대표작 선집』, 2019)

바둑

휴대전화로 며늘아기가 보낸 사진. 햇살이 유리창으로 들어오는 거실 한가운데에서 판이 벌어지고 있는 풍경이다. 장기판이 아니고 바둑판이라니……

아들과 일곱 살 손녀가 마주 앉아 고뇌에 찬 모습도 있고, 손녀가 아들의 얼굴을 올려다 보며 활짝 웃는 장면도 있다. 까르르 웃는 소리가 들리는 듯한 표정으로 보아, 아마도 제 아빠를 이겼나 보다. 옆에서 네 살 손녀는 검은 돌과 흰 돌을 나누어 챙기고 있다. 나는 신선한 놀이 구경꾼이 되어 함박웃음이 터졌다.

푸르고도 젊은 시절. 바쁜 구두 소리 가득한 길에서 누가 앞을 막는다. 옆걸음으로 피하니, 그도 옆걸음 하며 막는다. 올려다보니, 좋아죽겠다는 듯 웃고 있는 남자. 어제, 점심시간에 내 민원을 마무리해 준 사람이다. 나도 그도 출근길인데 나는 가고, 그는 오고, 늘 그렇게 스쳐 지나갔던 거다.

바쁠 것도 급할 것도 없는 퇴근길, 저 건너에서 신호등 바뀌기를 기다리는 남자. 설마 나를 봤을까. 길고도 넓은 횡단보도 저쪽 사람들과 내 쪽 사람들이 횡단보도 한가운데에서 스쳐 지나가는 순간, 동료들의 힘을 받기라도 한 듯 내 손목을 잡는다. 약속이나 한 듯 출근길에 눈인사하고, 퇴근길 횡단보도에서 만나 찻집으로 갔다.

그날도 그랬다. 저녁노을 비치는 횡단보도에서, 자연스럽게 만나 당연한 듯 찻집으로 갔다. 그가 내게 무슨 일이 있는지 물었다. 아침에 눈인사했으니, 저녁이면 만나겠다는 확신으로, 이 찻집, 이 창가에 앉아서, 내가 횡단보도에 나타나기를 기다렸단다. 그가 약속하지 않은 나를 기다리던 며칠 동안, 나는 기원(碁院)에서 바둑을 두고 있었던 거다.

그가 탁구 치자고 했다. 코치에게 배우는 중이라 그러자고 했다. 어쩌면 어깨도 들썩였겠다. 이 남자, 순전히 선수급이다. 금세 내 독특한 탁구 운동을 알아채고 쳤지만, 나는 남자에게 탁구의 예도 모르면서 치자 했다고, 상대방이 잘 치도록 공을 잘 넘겨주는 게 탁구의 기본이고, 잘 치는 거라고 했다. 깐깐하기 그지없다고 하는 코치처럼, 이 남자도 내 맞춤 탁구로 쳐주었다.

혼인 후. 이 남자는, 독학하기로 작정하고 바둑판과 바둑책을 사왔다. 퇴근 후에는 사라져가는 기원을 찾아가 배우고 늦은 밤에 오기도 했다. 바둑 두자 해놓고 오목으로 길을 트고 오목으로 끝냈다. 바둑 기초 책만 쌓았고, 바둑판에는 초석도 쌓지 않았다.

함박눈 펑펑 내리는 날, 장기판을 사 오더니 내게 가르쳐준단다. 나는 두 팀이라는 것밖에 알 수 없다. 오로지 바둑판에 검은 집 흰 집 짓고 싶어, 신문과 방송에서 바둑 소식 챙기며 혼자 집 짓고 지켰다. 그 역시 혼자 장기판에 나라를 세웠다. 각자 바둑, 장기 두면서, 훈수 두기는 전문가 못지않았다.

이 남자, 드디어 두 아들을 장기판으로 끌어들이기에 성공했다. 세 남자가 장기 두면, 나는 먹을 것을 만들어 옆에 가져다주는 것도 모자라, 입에 넣어주는 일도 서슴지 않았다. 가끔은 바둑판 꺼내놓고 배워보라 했지만, 세 남자는 '시시하게 바둑을 왜 배우느냐, 초나라, 한나라 장기짝도 모르는 사람'이라며 놀렸다. 나는 어김없이, 장기판 병사들을 휘저어 섞어놓고 자리를 떴다. 남자들은 내가 그러거나 말거나 다시 장기판에 두 나라를 세웠다. 나는 내 판을 찾아야 했다.

최치원이 시문을 읊고 바둑 설화가 있는 홍류동 농산정(籠山亭)을 찾았다. 가야산 소리길의 '소리'라는 것은 불가에서 '극락'이라고 표현하는데 이 길을 걸으면 해인사가 있는 극락으로 가는 길이라는 뜻이란다. 이곳에서 말년을 보내고 어느 날, 홀연히 갓과 신을 남겨둔 채 신선이 되어 떠났다는 최치원 전설의 농산정. 해인사 입구 왼쪽 계곡의 농산정 오른쪽 언덕 위의 독서당(讀書堂) 유적과 함께, 길옆 오른편 암벽에 초서로 음각(陰刻)되어 남아있는 「가야산에서」를 마음에 꾹꾹 눌러 와 읊었다.

겹 바위틈 마구 달려 겹겹 산봉 울려대니,

사람 소리 지척에도 분간하기 어렵거니,

옳다 그르다 탓하는 말 들릴까 두려워서,

일부러 물을 시켜 온산을 감쌌노라.

남조천이 흐르는 사인암도 찾았다. 자로 반듯하게 재어 자른 듯한 석벽 아래에서, 정민 교수가 꼭대기 소나무를 가리키며, "전 승지 오대익이 저 꼭대기에서 나무로 깎은 학을 타고, 백우선(白羽扇)을 들고서 노끈을 소나무에 매고, 하인 두 사람에게 시켜 천천히 놓아 아래로 맑은 못 위에 이르게 하고는, 이를 일러 '신선이 학을 타고 노는 놀이'라고 했죠. 바로 자신이 신선이라는 거죠."라고 할 때, 뚜렷한 두 판을 마음에 꾹꾹 눌러 새겼다. 내가 서 있는 펑퍼짐한 바위에 새겨 있는 장기판과 바둑판을.

푸르고도 젊은 시절. 기원에 들어섰을 때, 사무장이 상담을 받고 나를 맡았다. 원장 부부가 예쁘다, 예쁘다 하면서 처음부터 수강료를 반만 받고 밥도, 간식도 챙겨 주었다. 사무장과 깍듯이 인사하고 배우면 기원과 마주하고 있는 탁구장 코치가 와서 구경했다. 탁구도 배우면 좋다 하여 등록하고, 퇴근길에 30분 정도 깐깐한 코치의 지도를 받았다. 탁구 하고, 숨 고르면서 두 시간 정도 바둑 두면 지독한 타향의 낯섦이 잦아들었다.

원장 부부와 저녁 먹고 사무장에게 바둑을 배웠다. 바둑 두던 신사들은 원장 따님인데 닮지 않았다고 했다. 원장 부인은 나를 친척이라며 자신을 조금 닮았다고 했다. 탁구 코치도, 바둑 사무장도 내게 '잘 친다, 잘 둔다.'라면서 누구와도 판을 짜주지 않았고, 마무리는 두 스승이 지는 거였다. 바둑 급수가 올라가니, 내 어깨도 올라갔다.

두 총각 스승은 내게 맞춤 바둑, 맞춤 탁구로 배려해 주었던 거다. 거기에 한 남자도 내 맞춤 탁구에 동참했으니, 탁구와 바둑을 생각하면 그저, 그저 좋다. 타향에서 부모처럼 그려지는 기원 원장 부부까지.

푸르고도 젊은 시절. 바둑 배우던 시절. 고마운 시절이다.

코로나19 시국에 일곱 살 손녀 바둑 놀이에 함박웃음 터진 구경꾼.

(『현대수필』 2021. 가을호)

사프란 꽃처럼 은은한

택배를 받고

작은아들 생일 전후로 상자가 오고 또 온다. 학교 선배, 동기, 후배들이 보내는 거다. 택배 오는 시간에는 아들이 집에 없으니, 내가 받는다. 때로는 생일이 한참 지난 후에 받는 일도 종종 있다. 아들에게 오는 선물은 거의 비슷하다. 언제 어디서나 가방에서 꺼내어 마시는 건강식품, 회사도 같은 홍삼정이다. 아들이 궁금하면 뜯어보라고 해도 나는 사진만 찍어 보내준다. 선물 상자는 책방에 쌓아 둔다.

원주가 고향인 선배가 보낸 상자가 약간 다르다. 뜯어봐도 된다고 하기에 뜯었다. 역시 건강식품인데 작은 상자가 또 있다. 카네이션 브로치. 잘못 온 건가, 생각이 들어 사진을 찍어 아들에게 보내니, 전화가 왔다.

"형이 어머니한테 드리는 꽃이래요. 그런 상품이 있어서 한 거라고 신경 안 쓰셔도 된대요."

아들에게 듬직한 선배. 고향 갈 때, 후배인 내 아이를 데리고 가

하나의 달이 천 개의 강을 비추듯

서 강원도 바닷가 구경시켜주고, 부모님이 차려주신 밥 먹게 하고, 집에서 잠도 같이 자고 아껴주는 선배. 아들에게서도 받은 적 없는 카네이션 브로치를 달고 거울 앞에서 웃는다.

마음이 끌리는 상자. 다른 상자와 표나게 다르긴 하다. 상자를 여니, 하얀 한지가 펴져 있다. 양쪽 끝을 잡고 살살 걷으니, 이끼의 신선함에 마음조차 초록으로 물든다. 향도 좋은 삼, 산삼이다. 뿌리마다 제 자리를 지키고 있는 산삼.

"어머니 드세요."

아들 목소리가, 마치 아들의 친구 목소리 같고, 가족들이 보낸 것 같은 기분이 든다. 산삼, 보기만 해도 힘이 생기는 것 같다. 이래서 사람들이 산삼을 좋아하나 보다. 이끼 속 산삼이 나를 보고 웃는다.

아들에게 온 택배 중에서 가장 크고 가장 가벼운 상자. 이런 상자는 오랜만이다. 무얼까. 궁금함을 앞세워 상자 입을 막은 테이프를 떼고 연다. 부드러운 종이로 한 겹 싼 물체. 허리를 옆으로 활처럼 휜 고양이이다. 연한 분홍색, 보드라운 살결. 몸속을 무엇으로 채웠기에 이렇게 가볍고 폭신할까. 후배가 그랬단다.

"형, 가지고 놀기 좋으니까 심심할 때 같이 놀아 봐요."

곰돌이 말고는 동물을 집에 들인 적이 없는 나는 고양이를 반갑게 맞이할 수가 없다. 팔에서는 스멀스멀 솜털이 일어나고 등은 서늘하다. 분홍색 고양이를 상자에 둔 채 현관문 밖에 두고 안으로 들어왔다. 저 고양이를 어떻게 할까. 입양 보낼까.

내가 고양이 주인은 아니지만 일단 세탁기에 넣었다. 샤프란 핑크 센세이션을 듬뿍 넣어주었다. 화사한 사프란 꽃처럼 은은한 향기 머금은 고양이를 빨래건조대에 올려놓으니, 완전히 거실 주인이다.

내 고향 충청도 두메산골에서는 고양이를 보지 못했다. 고양이 자체가 없었다. 내게는 상상의 동물이었다. 소, 돼지, 강아지, 닭이 울타리 안팎에서 살았다.

소리만 들어도 우리 소인지 알 수 있는 음매-. 들에서 아버지 모시고 오는 소리였다. 우리에서 꼬리잡기하는 양 빙빙 돌며 꿀꿀거리는 돼지는 돈주머니였고, 동네 어느 집 개가 짖으면 다른 집의 개들이 따라서 짖어대는 우렁찬 소리에, 울타리 너머로 짖어대는 강아지는 집지킴이었다. 새벽닭 울음소리는 삶을 일으키는 촉진제였다.

고향 풍경 속 가축도 집 안에서 기른다는 것은 상상이 안 되는데 고양이라니. 물론 천으로 만든 고양이지만 그래도 나와 맞지 않는 건 어쩔 수 없다.

빨래건조대에서 앞다리를 쭉 뻗어 올리고, 허리를 옆으로 한껏 휜 채 엎드려서 눈 맞춤이라도 하려는지 빤히 쳐다본다. 아니다. 나를 내려다보고 있다. 마치 고양이 빌딩 외벽에 붙은 모양으로 내려다보고 있다. 고양이 빌딩을 아느냐는 듯이.

일본 저널리스트 다치바나 다카시가 별세했다. 2021년 4월 30일

하나의 달이 천 개의 강을 비추듯

별세한 사실을 가족이 조금 늦은 6월 23일 발표했다. 그는 책 한 권 쓰기 위해 최소한 관련 서적 수십 권을 독파한 뒤 취재에 나섰다. 그러다 보니 책이 감당할 수 없을 정도로 불어나 지상 3층, 지하 1층의 서재 전용 빌딩을 지었다. 건물 외관에 고양이 그림이 그려져 있어 '고양이 빌딩'이라고 부른다.

내 빈약한 책방을 본다.

과연 몇 권의 책과 어떤 종류의 책이 있을까. 그리고 살아오면서 몇 권이나 읽었을까. 물론 우리나라 국민 평균 독서량보다는 많겠지만, 책 한 권이 아니고 한 편의 글을 쓰기 위해 몇 권의 책을 읽고 얼마만큼의 시간을 들였을까.

금세 읽을 것 같은 기세로 사들여 쌓은 책 앞에서, 읽어주지 못해 미안한 마음이 들면서도 또 다른 책을 줄 세워놓고 있으니, 미안함만 빼곡하다. 읽지 못한 책 앞에서 지극히 편독하고 있다는 것을 고백하지 않을 수 없다.

빨래건조대 위에 있는 분홍색 고양이. 좋다 싫다 선 긋지 않기를 바라며, 마음이란 다 거기서 거기이고 마음먹기 달렸으니, 서로 조심조심 알아가면서 잘살아 보자.

끼리끼리 사는 것도 좋고, 혼자 둥글둥글 사는 것도 좋지만, 어쩌다 만난 인연도 소중하게 여기며 잘 살도록 노력해보자. 『다치바나 다카시 서재』가 일 미터도 넘는 몸속에 다 들어있는 모양을 하고 쳐다본다.

맑은 눈빛, 동글한 콧방울, 양쪽으로 가지런한 수염, 야무지게 오므린 입. 양쪽 앞발은 머리 위까지 만세 모양이고, 뒷발은 발레 하는 발끝처럼 바짝 세우고, 길고 긴 허리는 옆으로 휜 자세. 초저녁 맑은 하늘 초승달 같다. 사프란 꽃처럼 은은한 향기 머금은 고양이.

(『계간문예』 2021. 가을호)

꽃모종

봄비가 내렸다.

우리 집 돌계단에 있는 화분.

새싹이 파릇파릇 돋고 아기 손만큼 자랐다. 마당 끝에 모여 있는 분에 모종했다.

과꽃과 백일홍, 봉선화와 맨드라미도 있지만, 야생초가 더 많다.

이른 아침 현관문 열면, 보랏빛 나팔꽃과 노랑 민들레꽃이 웃고 있다. 냉이꽃과 며느리 꽃도 하얗게 웃고 돌나물꽃도 소담스럽게 웃고 있다. 나도 웃는다.

오랜 세월 저편 고향의 봄.

앞산 뒷산 진달래 피는 소리. 논과 밭 연초록 물결 반짝이는 소리. 울타리 사이 살구꽃 앵두꽃 비 내리는 소리. 보슬보슬 내리는 봄비 소리.

촉촉한 황톳길 숨결 따라 비료 포대 쓰고 마을 가운데 마당으로 모였다.

각자 집에서 가져온 꽃모. 동네 안으로 들어가는 길에는 키 작은 채송화와 금잔화를 심었다. 동네 밖으로 가는 길에는 봉선화, 과꽃, 족두리꽃, 코스모스를 키 순서대로 심어나갔다. 군데군데 해바라기도 심었다. 우리 마을에서 아랫마을까지 심으면 그 마을은 다음 마을까지 심었다. 그렇게 십 리 길을 이어서 학교까지 심었다.

봄부터 가을까지 학교 길은 꽃길이었다. 아침 이슬 털며 학교 가는 길이 즐거웠고 해 질 녘 집으로 오는 길이 행복했다. 봄비 내리면 꽃모종 하기 바쁘고 꽃들은 계절 따라 피어나기 바빴다. 꿈도 바빴다.

먼 훗날. 나는 들꽃 모종을 하고 있다.

달래, 냉이, 씀바귀 씨앗이 어디서 날아왔는지, 일부러 심지 않았는데도 분에서 싹을 틔웠다. 파랑 나비 닮은 꽃 피는 달개비 씨앗도 어디서 왔는지, 붓꽃이 터 잡은 분에서 싹을 틔웠다. 민들레도 돌계단 틈에서 보란 듯이 노랑꽃을 피웠다.

아무리 둘러 봐도 내가 사는 곳은 황토 모여 있는 곳 보이지 않는 도시.

회색빛 빌딩 숲 사이에 있는 내 집.

봄부터 가을까지 꽃 마당 꽃 계단 만들어 줄 들꽃. 호랑나비, 노랑나비 불러오는 향기 은은한 들꽃. 밀잠자리, 고추잠자리 빙빙 맴돌게 하는 들꽃.

흙냄새 피어나는 황톳길 아닌, 플라스틱 동그란 분에 들꽃을 옮겨 심었다.

꽃모종 하던 친구들, 지금도 꽃모종 하고 있을까.

삼 층 현관문 앞에서 마당 내려다보니, 보기에 참 좋다. 옮겨 심은 들꽃.

담 밑 틈 연보라색 망초꽃, 훌쩍 자라 담 밖 풍경 구경하는 날 금세 오겠다.

(『청암문학』 2021. 봄호)

햇살에도 향기가 있어

오후 네 시.

필자 : 헤이 카카오 표준 FM 틀어 줘.

카카오 : CBS 유영석의 팝콘 틀어드릴게요.

카카오가 처음 내게 왔을 당시 다섯 살 손녀에게 사용 방법을 배웠다.

아들이 선물로 가져온 카카오는 친절하고 말도 잘 듣는다. 케니 로저스 노래 들려달라고 하면 그가 부른 노래를 차례차례 들려주고, '그만' 하면 멈춘다. 이찬원 노래 「시절인연」 계속 틀어달라고 하면 그 한 곡을 반복해서 틀어준다. 그리고 소리 크게 해달라고 하면 소리도 크게 해준다.

하지만 때로는 엉뚱한 라디오프로그램을 틀어주고, 때로는 그런 프로그램 없고 그런 노래 찾을 수 없다고 한다. 그러고는 다시 말하라 하고 노래 제목을 정확하게 말하라 한다.

"왜 못 찾아?"

"저도 못 찾아서 속상해요."

"어이없어."

하고 소리 내어 웃으면 카카오 속 남자가 말한다. 아주 귀엽게.

"저도 어이없으니까 웃지 마세요."

그렇지만 카카오 속 남자는 내가 말하는 대로 노래와 방송을 잘 틀어준다. 동화『신데렐라』,『인어공주』도 말하면 금세 내 손녀 이름을 부르며 들려준다.

카카오 속 남자가 틀어준 라디오프로그램 '유영석의 팝콘'은 팝 음악 프로그램이다. 시간 지난 신문을 보거나 집안일 하면서 듣기에 알맞은 프로그램이다. 진행자가 청취자의 문자를 읽어주고 선곡한 옛노래는 들어도 들어도 새롭다. 때로는 입꼬리가 올라가 내려올 줄 모르고 때로는 혼자 소리 내어 웃는 나만의 음악 산책 시간이기도 하다. 유영석 진행자가 퀴즈를 낼 터이니, 답을 문자로 보내란다.

논밭 넓이의 단위를 이르는 말. 한 말의 씨앗을 뿌릴 만한 넓이로서, 대체로 논은 150~300평, 밭은 100평 내외를 나타내는 말이 무엇이냐는 문제이다.

아득히 먼 아버지의 푸르고도 젊은 시절. 나 어린 시절이 영화 장면처럼 나타났다.

마루 끝에 서면 반기는 앞산 기슭 감자밭, 고구마밭, 목화밭. 울타리 너머 저 멀리 내려다보이는 산모퉁이 따라 나지막한 밀밭과 보리밭. 그리고 듬직한 논.

장화 신고 삽 든 채 뒷짐 지고 논두렁 따라 걷다가 물꼬 살피는 아버지. 미루나무에 가려졌다가 순간순간 보이는 아버지. 벼 벤 논에서 미꾸라지 잡아주던 아버지.

아버지의 논과 밭 풍경 담아 문자를 보냈다.

'마지기.
벼 벤 논에서 미꾸라지 잡던 친구들이 그립습니다.^^'

금세 답이 왔다.
'팝콘과 함께 매일매일이 시월의 멋진 날 되시길 바랍니다.'

처음과도 같은 문자 보내고 잊은 채 마음은 어린 시절에서 머물고 있었다. 십오 분 후에 온 문자를 한참 후에 발견했다. 모바일 상품권, 모르고 지나칠 뻔했다.

'팝콘 퀴즈 당첨 축하합니다. 따뜻한 저녁 시간 보내세요.'

상품명 : (카페브리즈) 아메리카노 HOT
교환처 : 배스킨라빈스 매장
상품설명 : 카페 브리즈만의 부드러운 촉감,
풍부한 견과류와 바닐라 향미, 흑설탕 같은 달콤한 후미를 느껴보세요.

고향의 황금빛 풍경 불러온 '마지기'가 내게 준 커피 선물이다.
휴대전화로 받은 모바일 상품권에서 아버지의 푸르고도 젊은 시절을 만나고, 아버지의 논과 밭 풍경을 만났다. 그리고 아버지의 향기를 만났다. 그랬다.
시월의 커피에는 향기가 있다. 아버지 향기. 햇살에도 향기가 있다. 아버지 향기.

(『한국수필작가회 대표작 선집』, 2023)

흙의 철학

　현관문 앞으로 올라오는 계단에 피는 꽃.

　붓꽃, 나팔꽃, 금잔화 …. 다양한 꽃들이 피는 계단을 꽃 계단이라 부른다. 빨갛고 노랑 채송화, 빨강 꽃 속에서 돌연변이 분홍 봉선화, 하양 들깨꽃이 피기 전에는 과꽃, 백일홍, 맨드라미가 피었다. 야생초 씨앗 뿌린 적 없는 계단에서 달래, 냉이는 물론 달개비 풀꽃도 꽃망울을 터트렸다. 민들레, 돌나물, 망초도 몇 번 꽃 피고 지더니 흔적 없이 사라지고 방동사니가 빼곡했다.

　야생초가 저절로 나고 꽃이 피는 건 설렘이다. 과연 어떤 새싹이 나타날까. 자연스럽게 자리 잡고 피는 야생화에 정이 가서 분(盆) 하나에 한 포기만 살게 했다. 아니면 빼곡한 채 꽃피게 했다. 절정의 꽃 피고 지면 어김없이 다른 싹이 올라왔다.

　어떤 야생초가 사라질 것인지 짐작이 가는 분에 호박씨를 심었다. 단호박을 반으로 자를 때마다 꽉 찬 씨를 손에 쥐면 마음이 잘

　　　　　　　　하나의 달이 천 개의 강을 비추듯

여문 느낌이었다. 버리는 게 아깝다는 생각이 들어 분마다 한 움큼씩 묻었다.

　아버지의 푸르고도 젊은 시절. 아버지는 구덩이를 파고 거름을 안긴 후에 흙으로 덮은 다음 기도하듯 씨앗을 놓으셨겠지만, 나는 씨앗을 심는다기보다 플라스틱 분 흙 속에 묻어버리는 것에 지나지 않았다.

　잊고 있었다. 무심코 씨앗 묻은 화분을 들여다보았다. 새싹이 흙을 밀어 올리고 무더기로 나왔다. 자연의 신비에 숙연했다. 정성을 들이지 않고 심었던 만큼 미안함과 고마움이 교차했다. 분마다 한 포기씩 남기고 솎았다. 거름흙을 주문하여 펴 덮고 다져주었다. 새싹 앞에서 기도가 저절로 나왔다. 잘 살아.

　푸르고도 젊은 아버지의 땅에서 자란 호박은 둥근 조선호박뿐이었다. 넝쿨은 죽죽 뻗어서 잎은 벽걸이 부채 같았고 꽃은 아버지 손만큼 컸다. 뒷문 밖 울타리에 동글동글 매달린 애호박, 개울 건너 밭둑에 둥글둥글 저녁놀 맞이하는 중호박, 감나무 곁 사랑채 끝방 고구마 통가리 옆 둥글넓적 늙은 호박. 내가 아는 전부였다.

　타향살이하면서 단호박을 알았는데, 잎과 꽃은 어떤 모양인지 궁금했다.

　며칠 사이를 두고 거름을 또 주었다. 하루가 다르게 줄기가 쑥쑥 자라고 잎도 넓적해졌다. 꽃망울이 봉긋하더니 벙긋벙긋 피었다. 떡잎부터 꽃봉오리까지 아버지 땅에서 본 것과 같았다. 다만 꽃송이가 작았다. 호박 뿌리에 맞는 거름이 부족하거나 자리가 좁아서 그렇겠지만, 아버지 땅의 호박꽃과 원산지가 멕시코 남부, 중앙아메리카인 단호박꽃은 같았다. 자세히 보니 수꽃이 더 많았다.

푸르고도 젊은 아버지의 시절, 나 어린 시절이 있는 마을. 그곳의 호박은 암꽃과 수꽃이 적당하게 어우러져 피었다.

"암꽃 건드리면 안 돼!"

어른들의 말씀이 동네 곳곳에서 들렸다. 어린 우리는 수꽃만 가지고 놀았다.

호박벌이 수꽃에 날아들자마자 얼른 통꽃 화관을 오므려 잡고 꼭지를 떼었다. 벌은 꽃 속에 갇혀 꽃잎 벽에 부딪히며 윙윙거렸다. 벌의 날갯소리 요란한 꽃을 들고, 윗마을과 아랫마을을 뛰어다녔다. 그러다가 화관을 열어서 꽃과 같이 날려주었다. 호박꽃이 한창 만발한 초가 마을에서는 탁월한 장난감 꽃이었다.

황금색이 이상과 희망을 뜻하고 부와 권위의 상징으로 나타내기도 한다지만, 굳이 그러한 말을 떠올리지 않아도 나는 황금색을 좋아한다. 호박꽃이 황금색인데 좋아하지 않을 수 없다.

풋풋한 시절 교실에서였다. 한 학생이 내게 호박꽃이라고 했다. '호박꽃도 꽃이냐'는 옛말이 떠올라 내심 당황했다. 그녀에게 자신은 무슨 꽃이냐고 물었다. 본인과 강의실에 있는 사람들은 안개꽃이라고 했다. 순간, 황금색 호박꽃 한 송이를 둘러싼 안개꽃을 상상해보았다. 어디에도 없을 황금꽃다발이었다. 나는 호박꽃다발을 본

하나의 달이 천 개의 강을 비추듯

적 없고 너그러운 듯 아름다운 꽃이라는 생각도 해 본 적 없었다. 호박꽃은 내 안의 꽃이 되었다.

황금 범종 닮은 호박꽃. 마음이 푸근해지는 호박꽃이 웃고 나도 웃는다.

옛날, 아주 옛날에 한 스님이 있었다. 그는 황금 범종을 만들기 위해 여러 해 동안 전국을 돌아다니며 성금을 모았다. 온 정성을 다해 황금 범종을 만들다가 병으로 세상을 떠났다.

부처님 앞에 간 스님은 만들다 만 황금 범종을 완성하기 위해 인간 세상으로 다시 보내 달라고 애원하여 돌아왔다. 하지만 그동안 시간이 많이 흘러가서 자기가 살았던 절은 흔적조차 없었다.

실망한 채 바위에 앉아 있다가 옆에 범종과 똑같이 생긴 황금색 꽃을 발견했다. 뿌리를 파 보니 자신이 만들다 만 황금 범종이 있었다. 황금 범종을 닮은 그 꽃이 바로 호박꽃이었다.

단호박꽃 핀 꽃 계단. 크고 작은 분 속 흙의 철학을 읽는다.

아버지의 푸르고도 젊은 시절. 아버지는 곡식이나 채소를 같은 밭에 계속 심지 않으셨다. 밭 흙은 한 가지 작물만 키워내지 않는다면서 해마다 번갈아 심으셨다.

흙은 모든 것에 고르고 가지런하여 차별이 없다. 현관문 앞으로 올라오는 꽃 계단 분 속 흙이 한 가지 야생초만 키우지 않는 이유를 알겠다.

엿기름가루 품어 싹 틔운 보리가 여물었다. 붓꽃 한 철 보낸 분에서 꽃잎 접은 들깨가 익었다. 계단 타고 현관문 앞까지 올라온 넝쿨 마디에 단호박이 귀하게 늘었다.

벌과 나비 큰일 해냈다.

햇살이 축제를 연다. 반짝반짝.

꽃 계단 분 속 흙에서 윤회를 읽고, 흙의 삶을 읽는다.

(『계간 현대수필』 2023. 겨울호)

　　　　　　　　하나의 달이 천 개의 강을 비추듯

제5장

중남미 4개국 문학기행

...

모로코 페즈에서

　현지 가이드가 앞장섰다. 한국문인협회 회원들에게는 자신보다 앞서가지 말고 따라오란다. 여권과 중요한 물건이 든 가방은 앞으로 메고 항상 조심하라고 하니, 엇멘 작은 가방을 헐렁한 겉옷 속으로 다소곳하게 챙긴다. 카메라 끈을 손목에 감아 걸고 카메라 손잡이도 고쳐잡는다.

　어깨가 맞닿을 만큼 좁은 길이어서 문인들은 자연스럽게 두 줄로 걸어간다. 앞 사람의 신발 뒤축을 밟지 않게 보폭을 맞추며 비스듬한 길을 걸어 내려간다. 쉬엄쉬엄은 없다. 높은 벽과 벽 사이로 들어오는 하늘과 햇살이 눈부시게 아름답다. 눈에 들어왔다가 금세 사라지는 빛의 풍경이다. 오랜 시간이 깃든 역사를 묵직한 카메라의 렌즈로 담는다.

　찰칵, 찰칵.

　문인들 사이로도 보이지 않는 가이드의 목소리가 이어폰으로 들린다.

　　　　　　하나의 달이 천 개의 강을 비추듯

"여기 사는 사람 찍지 마세요."

누구 한 사람에게만 말하는 건 아니겠지만, 가이드의 말을 잘 듣기로 한다. 카메라 끈을 손목에 감아 걸고 손잡이를 잡고 걸으며 사진 찍던 일을 그만둔다. 카메라를 가방에 넣으니 빈손이다. 몸도 마음도 자유다.

묵묵히 걸으니 기도하는 시간 같다. 거룩한 빛을 받으며 걸어가는 여행자는 오른손을 들어 성호를 긋는다. 가이드를 따라가는 문인들의 행렬이 마치 예수를 따라가는 것 같다. '우리에게 일용할 양식을 주시'는 「주의 기도」를 외우고 첫영성체 받는 여행자의 어린 옛 모습이 아른거린다. 예수 닮은 외국 신부님 앞에서 첫 미사 드리는 기분도 든다.

비탈길 따라 내려가는데 옆 사람 앞으로 남자아이가 나타났다. 반짝 빛나는 눈과 마주쳤다. 맑고 예쁘다. 순하고 귀엽다. 손에는 골무 두세 개가 있다. 파는 거다. 옆줄 문인들의 걸음에 떠밀리다시피 걸으며 골무를 내밀고 사라는 눈 맞춤은 순간의 몇 초이다.

엇멘 여권 가방 지퍼를 연다. 금세 손끝에 닿은 동전을 아이의 손바닥 가운데에 꾹 눌러놓는다. 첫영성체 받고 드리는 마음의 미사 중 봉헌한 거다.

'눈이 큰 이 아이에게 축복을 주소서.'
'검은 진주 같은 눈동자를 가진 이 아이에게 축복을 주소서.'

좁은 길이 마치 미사 중에 봉헌하러 가는 통로 같다. 미사가 끝나면 다음 기도를 하듯이 마음의 성호를 긋고, 때로는 오른손을 들어 성호를 그으며 마음의 미사를 드린다. 마음의 신부님을, 마음의 교황님을, 마음의 예수님을 향해 미사 드린다.

몇 걸음 걸어가니, 또 다른 남자아이가 나타났다. 어디까지나 자신이 가지고 온 물건을 사라는 거다. 작은 물건 몇 개 팔러 나온 아이가 기특하다. 코트 속에서 기다리는 작은 가방 지퍼를 열어 손끝에 닿은 동전을 그 아이 손바닥에 꾸욱 눌러 놓는다. 봉헌 바구니에 넣는 것처럼 봉헌한 거다.

천연 염색공장으로 가는 길이 끝날 즈음까지 꽤 있었을 동전을 다 봉헌했나 보다. 맨 마지막에는 손에 잡히지 않아서 걸음을 멈추고 가방 깊이 하나 남은 것을 가냘픈 아이에게 봉헌한다. 검은 진주 같은 눈동자, 영롱하다.

길이 끝나고 넓은 곳으로 나가려는 찰나, 약간 걱정을 한다.

남자아이들은 물건을 팔러 나온 거다. 그리고 물건을 내보이며 사라는 거였다. 그런데 이 여행자가 물건은 받지 않고 많지도 않은 돈만 손바닥에 놓고 왔으니, 해맑은 아이들이 오해하지는 않을까, 하는 염려다. 검은 진주 같은 눈동자의 아이들이 여행자의 마음을 오해하지 않기를 바랄 뿐이다.

여행자는 이후부터 후회할 것이다. 종이돈 한 장씩 눌러 봉헌하지 못한 것을 후회할 것이다. 카사블랑카, 바르셀로나, 대한민국 서울의 달이 뜬 후에도 문득 후회할 것이다.

멀리서 빛이 들어온다. 좁은 길 밖의 세상을 만나는 은혜로운 빛이다. 공원의 푸른 잔디와 귀한 꽃나무 한 그루가 활짝 반긴다. 행렬 속에서 눈 맞추던 아이들의 얼굴 같다. 여행자 마음에 들어온 아이들, 맑고 빛나는 눈망울 가진 아이들에게도 꽃자리 있으리.

천연 염색공장에 다다를 즈음 담벼락에 낯익은 그림이 있다. 아마도 천연 염색한 가죽으로 만든 골무를 사라고 한 그 남자아이들이 그렸을 것 같다. 머리를 양옆으로 묶은 소녀 둘이 마주 보며 웃고 있다. 하트도 있고 I Love You 글씨도 있다. 대한민국 아이들의 그림과 같다. 하마터면 서울이라 했겠다.

천연 염색공장 역사를 품고 살아가는 검은 진주 같은 눈동자의 아이들이 있는 모로코 페즈에서.

(『한국수필가연대 사화집』 2024년)

궁전

작품을 탄생시킨 모티프

공주가 흰 드레스 차림에 장미 화관 쓰고 산책한다. 어김없이 등장하는 이웃 나라 왕자도 늠름하게 걷고 있다.

깔끔하게 손질한 나무, 정돈된 아름다움이 느껴지는 정원. 시에라네바다산맥의 눈이 녹은 물로 만든 수로와 분수가 아름다운 정원. 「알람브라 궁전의 추억」 음악 소리가 바람 타고 들리는 듯하다.

헤네랄리페 속 또 다른 정원에는 전설의 나무가 죽은 채 여전히 자리를 지키고 있다. 알람브라 궁전에서 가장 오래된 알카사바 요새 지하 감옥은 낫세르 공주 때 실제로 사용한 공간이다. 공개하지 않는 감옥으로 내려가는 문 한쪽에 자물쇠가 있다. 자물쇠 열어주면 참회한 사람들의 영혼이 나올 수 있을까. 낫세르 공주의 침묵을 생각한다.

카를로스 5세 궁전은 가장 최근에 완공했다. 이슬람 건축물 속에서 유일한 르네상스 양식 건물이다. 이곳으로 신혼여행 온 당시 국왕 카를로스 5세가 이슬람풍 알람브라 궁전을 보고 르네상스 양식

하나의 달이 천 개의 강을 비추듯

건축물을 남기기 위해 1527년부터 짓기 시작했다. 이후 재정 부족으로 중단하고 약 400년 뒤 1957년에 완공했다. 건물 밖에서는 사각형이고 안으로 들어가면 천장이 뚫린 원형 광장이다. 음향 효과가 좋아 공연장으로 이용한다는데 여행자들은 공연 대신 사진을 찍는다.

아랍 사람인 듯한 두 남녀에게 카메라를 맡긴다. 무던히 견디고 버티어 왕족답게 살고자 새벽을 열고 온 먼 나라 만화 속 공주. 흰 드레스에 장미 화관 쓰고 하늘을 우러르는 모습 그대로 렌즈에 담긴다. 배경은 카를로스 5세 궁전이다.

등잔불 밑에서 『소년중앙』, 『어깨동무』 펴놓고 그린 만화 속 공주가 사는 궁전. 아랍과 유럽이 공존하는 도시 그라나다 알람브라 궁전. 제28회 한국문인협회 해외심포지엄 이벤트인 드레스 촬영지 붉은색의 천국 알람브라 궁전. 예닐곱 살 무렵부터 내 안에 들어앉은 궁전. 아버지는 내 안의 궁전.

(『월간문학』 2024. 02)

신비의 땅 브라질

독자와 함께 떠나는 수필문학 기행

리우데자네이루. 예수상 만나러 가는 길은 한가롭다. 한참을 가니 빈 건물인지 사람이 사는 건물인지 알 수 없는 건물 벽에는 낙서가 가득하다. 스산한 건물 속에서 마피아조직이 나올 것만 같다.

코르코바도 언덕의 예수상은 포르투갈 독립 100주년 축하 기념으로 세웠다. 1931년 10월 12일 브라질의 국경일인 성모마리아의 날에 제막식이 거행되었다. 크기는 전체 높이 38m, 양팔 28m, 손바닥 3.2m, 무게 1,145t이다. 시멘트에 돌 모자이크로 붙였다. 브라질 건축가 에이토르 다 시우바 코스카가 디자인하고 폴란드계 프랑스인 폴 란도프스키가 조각했다. 세계 7대 불가사의 중 하나다.

케이블카를 타고 코르코바도산 정상에서 내렸다. 예수상 앞에서 리우데자네이루 시가지가 한눈에 내려다보인다. 예수상은 리우데자네이루 기원이 되는 동쪽 구아나바라만 입구를 바라보며 남북 방향으로 팔을 한 일(一) 자로 펼쳤다. 손바닥에는 고난을 상징하는 못 자국이 있다. 왼팔이 가리키는 방향이 리우데자네이루 중심부이

하나의 달이 천 개의 강을 비추듯

고 오른팔이 가리키는 방향이 남부지역인 코파카바나, 이파네마 해안이다.

예수상 머리 위로 펼쳐진 하늘은 두 번 다시 볼 수 없을 만큼 눈이 시리게 푸르다. 예수상 뒷모습을 바라보고 있는 마을은 가난한 사람들이 산단다. 반대로 예수의 앞모습을 바라보는 곳은 부자 동네란다. 그래서 회전 받침을 만들자는 이야기도 나오지만 있을 수 없는 일이라고 가이드가 말한다.

예수상 뒤쪽 가난한 동네는 우연이겠지. 예수상 앞에서 내려다보이는 하트 모양의 라고아호수를 둘러싼 도시는 예수상이 내려다본다. 예수상과 마주하는 이 도시는 부자 마을이란다. 믿음일까. 각국에서 온 사람들은 예수상 앞에서 행복이 가득한 표정과 몸짓으로 사진을 찍는다. 세계의 사람들을 불러 모으는 건 어떤 힘일까. 사랑? 자비? 좋은 기운이란 기운은 다 주십시오. 지그시 내려다보는 예수님.

예수상 뒤편 기단에는 150명을 수용할 수 있는 작은 성당이 있다. 인디오 성모마리아 상의 인자한 표정은 여행자의 안식처. 마음이 가난한 나는 위로를 받는다.

슈거로프산(빵 산)은 제빵용 설탕 덩어리처럼 생긴 봉우리 높이가 396m다. 정상에 오르기 위해 우르카 언덕에서 한 번 케이블카를 갈아탔다. 바다에서 뿅 솟은 것 같은 바위산 정상에 있는 산책로와 공원에서 나뭇가지 사이로 내려다보이는 항구. 빼곡하게 정박해 있는 배. 야자수 사이로 물드는 저녁노을. 새날로 가는 하루의 뒷모습이 경이롭다. 저 멀리 코르코바도 산꼭대기에서 조명으로 환하게 밝히는 예수상의 빛이 내 안으로 들어와 어둠을 밝힌다. 함께 한다는 믿음으로 평안하다.

브라질은 삼무(三無) 삼유(三有)가 있다. 삼무는 전쟁이 없고 태풍이 없고 인종차별이 없다. 삼유는 축구가 있고 커피가 있고 삼바가 있다. 호텔에 남을 것이냐, 삼바 극장에 갈 것이냐. 선택이다.

'삼바'라는 이름은 흑인 여자라는 뜻의 잠바(zamba)에서 유래되었다. 포르투갈이 브라질 원주민인 인디오를 몰아내고 이곳을 점령했을 때 이들은 이곳의 비옥한 대지에 사탕수수를 심기 시작했고 노예를 아프리카에서 강제로 끌어왔다.

흑인 노예들은 종일 노동하고 잠자리에 들 때 고향을 그리워했다. 굶주림의 고통과 슬픔을 잊기 위해 그들의 고향에서 즐겼던 노래와 춤을 추며 그 시간을 달랜 것이 삼바다. 댄서들은 다양하면서도 화려한 의상을 입고 때로는 격렬하게 때로는 격정적으로 여행자들의 마음을 사로잡는다. 흥겨움 속에서 니체의 글이 생각난다.

'위대한 영혼이란 역경을 극복할 줄 아는 동시에 그 역경을 사랑할 줄 아는 사람입니다.'

아침노을이 아름다운 새날. 메트로폴리타나 대성당 앞이다. 안에는 기둥이 없는 모던한 외관 원뿔형이다. 수호성인 성 세바스찬을 기리는 성당으로 리우 대주교가 집전한다. 전혀 성당으로 보이지 않는 와플 형식 성당과 단순하지만 예사롭지 않은 종탑에서 브라질 사람들의 숨결을 느끼고 세계인을 불러오는 예수의 힘을 느낀다.

리우 공항을 떠나 상파울루 공항에 도착했다. 브라질 한인회관에서 한국문인협회 해외 심포지엄을 개최한다. 정종명 한국문인협회 이사장의 인사말이 각별하다.

"관에서도 1절만 하는데 문인협회에서는 1년에 두 번 해외, 국내 심포지엄이 있을 때 4절까지 부릅니다."

애국가 4절까지 부르는 동안 애국자가 된다. 심포지엄 주제는 '남미 문학에 대하여'. 박동원 대사가 번역한 조제 마우루 지 바스콘셀로스의 『나의 라임오렌지나무』 중심으로 한다.

브라질 최고의 작가인 그는 불우한 어린 시절을 보냈다. 권투선수, 바나나농장 인부, 야간 업소 웨이터 등 다양한 직업을 전전했다. 그에게 가장 큰 성공을 가져다준 『나의 라임오렌지나무』는 작가의 자전적 소설로 다섯 살 아이가 성숙해 가는 과정을 그린 성장기 소설이다.

브라질 문인으로는 국민문학의 창시자이며 시집 『최초의 노래』의 곤살베스 지아스. 포르투갈어와 영어로 작품을 써서 브라질의 문학 흐름과 사회질서, 문화유산 등을 소개한 소설 『들판의 백합을 보라』의 베리시모. 『연금술사』로 세계적인 작가가 된 파울로 코엘료가 있다. 나는 그중에서 오래전 읽었던 기억으로 꿈을 찾아 떠난 양치기 청년과 함께 산티아고 여행을 한다. 『연금술사』 속에서.

"사람은 누구를 만나느냐에 따라 삶의 무늬가 달라집니다."

정종명 한국문인협회 이사장의 문학 특강은 '준비한 자의 인간관계'다.

정하원 수필가가 해외 한국문학상을 수상하고 주 상파울루 대사의 축사가 이어진다. 한국 문인들의 작품 낭독 시간은 가나다순이다. 나의 수필 낭독이 끝나고 브라질 문인들의 낭독 시간이다. 뜻밖에도 첫 번째 교민이 나의 수필 「하얀 별을 보며」가 마음에 든다고 낭독한다. 남성의 굵고도 낮은 목소리로 손톱에 봉숭아 꽃물 들이며 대청에 누워 밤하늘의 별을 보고 있는 풍경 소리 들으니 묘하다. 정겨운 교민들. 순대와 잡채 파티. 우리는 이곳에서 언제 또 만날 수 있을까.

상파울루 가이드가 공항에서 두 손으로 내 손을 덥석 잡으며 함박웃음을 짓는다.

"하하, 하얀 별~ 안녕히 가세요."

형제와 헤어지는 듯한 아쉬움 안고 상파울루 공항에서 이륙하여 이구아수 공항에 착륙할 즈음 안내방송이 나온다. 아르헨티나 이구아수 폭포에 폭우가 내려서 브라질 상파울루 공항으로 회항한단다. 바쁠 것도 급할 것도 없는 여행자는 묘한 카타르시스를 느낀다.

호텔 입실 시각 새벽 다섯 시. 1인 1실 침대에 걸터앉은 나는 피곤한데도 꿈나라로 가지 못한다. 가방을 들고 방을 나선다.

다시 상파울루 공항을 떠나 이구아수 공항에 도착했다. 이구아수 폭포는 브라질, 아르헨티나, 파라과이 삼국에 걸쳐있다. 남미 최고의 폭포로 나이아가라 폭포, 빅토리아 폭포와 함께 세계 3대 폭포 중 하나이다.

수십 개의 거대한 물줄기가 한눈에 펼쳐진다. 폭포의 깜짝 선물 쌍무지개는 색깔처럼 다양한 사람들에게 선사하는 행운의 메시지 같다. 물보라에 울창할 수밖에 없는 밀림. 1,100m 산책로를 따라 이동하며 2,700m의 폭을 자랑하는 폭포를 감상하는데 물 위에 무지개다리가 있다. 가보자. 물보라가 소낙비 같다. 한참을 보니 폭포가 내게 오는 것 같다. 세상의 모든 물이 이구아수 폭포에 모인 듯하다. 그 어떤 훌륭한 언어 수사라도 이구아수 폭포의 장대함을 글로 다 표현할 수 있을까.

이 어마어마한 폭포에 전설이 없다면 서운하지.

산에 살고 있던 뱀신은 강에서 목욕하고 있던 과라니 원주민의 처녀 나이비를 보고 반해 제물로 바치라고 명령했다. 나이비는 이웃 마을의 전사 따로바를 사랑하고 있었다. 두 연인은 서둘러 결혼했다. 제물로 바치기로 한 그날 그들은 배를 구해 강을 따라 탈출했다. 그때는 강에 폭포가 없었다. 뱀신은 화가 났다. 거대한 몸으로 강바닥을 뚫고 들어가 요동치기 시작했고 그 폭발로 폭포가 생겼다. 뱀신 때문에 사랑을 이루지 못하고 헤어진 두 연인. 아름다운 과라니 처녀 나이비는 결국 뱀신에 의해 바위로 변했고 영원히 폭포의 거센 물줄기를 받는 벌을 받게 됐다. 그리고 전사 따로바는 브라질 쪽에 있는 야자수로 변해 아르헨티나 쪽에서 바위가 된 나이비를 그리워하고 있다고 한다.

이구아수 폭포 끝에는 뱀신이 요동을 쳐서 폭발시켰다는 악마의 목구멍이 있다. 내가 서 있는 브라질 쪽에서는 보이지 않는 이구아수 폭포의 최고 절경인 악마의 목구멍을 직접 만나기 위해서는 아르헨티나로 가야 한다.

영화 「미션」의 선교사 이야기에도 연인들의 전설에도 등장하는 과라니 원주민을 생각한다. 그들은 오랜 시간 동안 이 땅과 폭포의 주인이었다.

이구아수 폭포를 뒤로하면서 폭포와 살았던 과라니족의 전설과도 작별한다.

브라질. 이곳을 꿈꾸던 세상이 눈 앞에 펼쳐지는 탐험의 땅. 숨겨진 보물을 찾아내듯 브라질 여정은 매 순간 신비롭다.

(『한국수필』 2018. 11)

파라과이, 그리고 아르헨티나

독자와 함께 떠나는 수필문학 기행

브라질과 파라과이 국경을 넘는다. 브라질 이구아수에서 오후 일곱 시 삼십 분에 출발하여 파라과이 국경도시 시우다드 델 에스떼 도착 시각은 오후 여덟 시 이십오 분이다.

성당의 불빛이 온화하다. 문을 활짝 열어놓고 매일 미사 중이다. 「누군가 너를 위해 기도하네」 성가처럼 나를 위한 미사 같다. 미사 형식이 같고 성전이 비슷해서 낯설지 않다. 마침 성체 모시는 시간이어서 뒷자리에 잠시 앉는다. 갑자기 눈물이 고인다. 이유는 모르겠다. 성체를 모시러 나가는 파라과이 신자들의 뒤를 따라 앞으로 나가고 싶지만, 가이드가 촉박한 시간을 언급해서 마음으로만 성체를 모셨다.

가이드의 말에 의하면 노아의 방주 모양으로 뱃머리가 강을 바라보면서, 지구에 홍수가 나면 강으로 유유히 따라 들어간다는 의미로 지은 성당이란다.

파라과이는 남아메리카의 심장이라는 곳, 스페인의 열정과 남미의 대지가 만나 독특한 색깔의 문화를 이루어 낸 곳, 남아메리카의 한가운데 자리한 내륙국이다. 남미의 홍콩이라 불릴 정도로 세계 최대 면세 지역 중 하나이기 때문에 브라질 쇼핑객들의 발길이 밤낮으로 끊이지 않는다고 한다. 오토바이는 여권 검사 없이 국경을 넘을 수 있단다. 국경을 이렇게 쉽게 건너다니 신기하고 실감이 나지 않는다.

창밖으로 보이는 밤거리. 국경을 오가는 거리에는 달러 바꾸어 주는 사람들, 두세 명씩 지나가는 청년들, 두 아이와 손잡고 걸어가는 여인의 풍경이 정겹다. 어쩌면 쓸쓸함도 곁들인 듯 잠잠하다.

30여 분 머물렀다. 느낀 게 얼마나 있을까만, 불빛이 온화한 성당에서 매일 미사에 참여한 순간은 축복이다. 파라과이 국경을 넘고 브라질 밤을 넘는다.

햇살 고운 아침 아르헨티나 이구아수 폭포로 간다. 밀림 속의 길 600m 걸어서 코끼리 열차를 타고 악마의 목구멍으로 가는 다리 앞에서 내린다. 폭우로 강물은 붉게 흐르고 햇살은 물결 위에서 눈이 부시도록 반짝인다.

멀리서 보이는 치솟는 물보라. 악마의 목구멍이라고 부르는 이곳이 이구아수 폭포의 하이라이트다. 아르헨티나 북부에 있는 국립공원이며, 크기는 약 550㎢이다. 서구에서 이곳을 처음 발견한 것은 1542년이지만 이 부근엔 그전까지 약 10,000여 년간 과라니족이 살

하나의 달이 천 개의 강을 비추듯

고 있었다. 1609년에는 예수회 전도사들이 이곳에 들어왔다. 수려한 자연경관과 다양한 생태환경의 보전 중요성을 인정받아 1984년 유네스코 지정 세계유산에 등록되었다.

높이 80m, 직경 2,700m에 이르는 반구형의 폭포다. 마치 말발굽 형태의 협곡 아래로 강물이 곤두박질치듯 떨어져 내린다. 영혼을 빼앗아 간다는 악마의 목구멍은 우기에는 초당 최대 6만 톤의 물이 한꺼번에 떨어진다고 한다. 그 장대함에 숨을 죽이고 자연이 빚어낸 지상 최대의 광경에 감격한다. 엄청난 물의 향연을 보노라면 속이 탁 트여 시원하기도 하고 왠지 두렵기도 하다.

영화 『미션』에서 「가브리엘 오보에」를 불던 선교사와 과라니족을 생각하며 악마의 목구멍을 보고 있는데 내 어깨를 누군가가 살짝 터치한다. 기차에서 만났던 청년이다. 남아프리카 공화국 출신 가수 레이 딜런 닮은 청년과 나는 물보라에 온통 물 범벅이 된 얼굴로 마주 보며 웃고 서로 사진을 찍어주고 받는다. 그리고 전설 속 과라니족 처녀가 돌이 되어 물기둥을 맞고 있는 광경을 뒤로하고 이구아수 공항으로 간다.

부에노스아이레스 공항이다. 계단 저 아래에서 반기는 꽃다발과 현수막.

'한국문인협회 해외문학심포지엄단 아르헨티나 방문'

뭉클한 마음은 벌써 내려가 안긴다. 문학을 하지 않았다면 어찌 이런 귀한 문인들을 만날 수 있을까. 타국에서 만나는 대한민국 문학의 힘을 느낀다. 아르헨티나 교민들과 웃음꽃 가득한 기념사진을 찍고 버스에 올라 남미 이야기꽃으로 환하다.

부에노스아이레스는 아르헨티나의 정치 경제 산업의 중심일 뿐만 아니라 예술과 문화의 도시로도 유명해 남미의 파리라고도 부른다. 문인으로는 누가 있을까.

호르헤 루이스 보르헤스는 1899년 아르헨티나 부에노스아이레스에서 태어났다. 소설가, 수필가, 시인으로 첫 시집 『부에노스아이레스의 열기』가 있고 탱고의 모태가 되었던 『밀롱가』라는 대중음악 가사집도 있다. 청년 보르헤스와 만년 보르헤스의 세월의 차이만큼이나 두 시기의 시 경향을 극명하게 가르는 것은 시각장애인이 되었다는 사실이다.

전기에는 자유시 옹호자였다. 그러나 후기에는 정형시를 썼다. 운율과 리듬을 맞추는 것이 기억과 구술에 의존해야만 했던 창작활동에 큰 도움이 되었기 때문이다. 1986년 87세로 스위스 제네바에서 영면에 들어 그곳 묘지에 잠들었다.

루이사 발렌수엘라 소설가는 1938년 아르헨티나 부에노스아이레스에서 출생했다. 라틴아메리카 문학을 이끄는 대표적인 작가로 10대 후반부터 호르헤 루이스 보르헤스와 함께 국립 도서관에서 일하며 작품을 쓰기 시작했다. 단행본 『침대에서 바라본 아르헨티나』에 수록한 에세이 「반역하는 말」은 2009년 10월 아시아, 아프리카, 라틴아메리카 문학심포지엄을 위해 방한한 발렌수엘라가 발표한 원고를 우리말로 옮긴 것이다. 여성 작가, 특히 라틴아메리카라는 지역의 여성 작가와 글쓰기의 관계에 대해 심도 있게 고민하고 사유한 내용이 고스란히 담겨있다.

'글쓰기란 미지의 것을 통찰하고, 익숙한 것을 낯선 시각으로 보는 작업이다.'

노을이 비치는 의자에 앉아서 느긋하게 호텔 창밖을 본다. 하루의 뒷모습이 곱다.

한인 식당 벽에서 대한민국 작가와 위정자, 연예인이 쓴 한글이 반짝인다. 재아문인협회 회원들과 이야기를 하며 식사를 마치고 거리로 나선다. 나뭇잎 노랗게 물드는 부에노스아이레스에서 맞는 가을이란 탱고의 계절이겠다.

카를로스 가르델은 전설의 탱고 가수이다. 그의 이름을 붙인 공연을 선택한다. 프랑스 출생인 가르델은 4세 때 어머니를 따라 아르헨티나의 부에노스아이레스로 건너왔다. 일하면서 노래와 기타를 익혀 1910년 가수로 데뷔했다. 탱고 역사상 전무후무한 슈퍼스타가 되었고 비행기 사고로 세상을 떠났다. 라틴아메리카에서는 그를 비극적인 영웅으로 회자하고 있다. 그가 쓴 탱고 음악 「간발의 차이」는 알 파치노가 시각장애인 퇴역 장교로 열연한 영화 『여인의 향기』의 탱고 장면에서도 사용되었다.

2층 무대에서는 반도네온 악단이 연주하고, 1층에서는 일곱 커플 이상의 댄서들이 각각 다른 색깔의 탱고를 보여준다. 탱고의 부에노스아이레스 밤은 새벽으로 간다.

안개 짙은 아침. 싸늘한 날씨는 여행자의 분위기와 같다. 레콜레타 묘지는 에바 페론, 아르헨티나의 대통령들, 노벨상 수상자들을 비롯한 아르헨티나의 저명인사들이 묻혀 있고 역사적, 건축학적으로의 의미가 많은 장소다. 부에노스아이레스에서 가장 부유한 구역 중 하나이며, 부에노스아이레스 내에서 가장 높은 지가를 형성하고 있는 곳 중 하나다.

많은 묘 중에 사람들이 많이 찾는 묘가 에비타 묘이다. 에비타는 불우한 환경 속에서 꿋꿋하게 자라 배우가 된 후 페론 대통령의 영부인이 되었다. 이후에도 가난한 민중을 잊지 않고 그들을 위해 많은 활동을 했다. 에비타가 여전히 아르헨티나 사람들의 많은 사랑을 받고 있다는 것을 쌓인 꽃으로 알 수 있다.

5월의 광장 북쪽에 있는 메트로폴리타나 대성당. 아름다운 부조가 새겨진 삼각형 지붕을 받치고 있는 거대한 기둥 때문에 성당이라기보다는 법원이나 박물관 건물이 연상된다. 열두 개의 기둥은 십이사도를 상징한다. 아르헨티나 부에노스아이레스에서 출생하고 『아직도 뒷담화 하시나요?』의 저자 프란치스코 1세가 교황이 되기 전 추기경으로 머물렀던 곳이다.

아르헨티나와 칠레, 페루를 스페인제국으로부터 해방시킨 남미의 영웅 산마르틴 장군의 무덤이 있다. 1880년 프랑스에 있던 호세 데 산마르틴 장군의 시신이 아르헨티나로 와서 대성당 오른쪽 통로

하나의 달이 천 개의 강을 비추듯

와 연결된 자리에 마련한 무덤에 이장했다. 대성당 외벽에는 산마르틴 장군을 기리기 위해 횃불을 밝히고 있다. 꺼지지 않는 불꽃을 올려다보고 성호를 긋는다.

도깨비 재래시장이다. 형형색색으로 온갖 종류의 옷과 모자, 보석과 가방, 낯익은 팝 가수들 사진과 빈센트 반 고흐, 가죽 벨트를 보는 것만으로도 내 몸에 두르고, 마음에 품은 듯하다. 둘러보는 쇼핑은 역시 마음을 풍요롭게 하는 즐거움이다.

버스를 타고 보카 지구에 도착했다. 탱고의 발상지 아르헨티나 보카 지구는 부에노스아이레스의 라플라타강에 인접해 있는 오래된 항구다. 갖가지 색깔의 집들과 탱고의 발상지라는 자긍심으로 가득하다. '보카'라는 이름은 스페인어로 '입'이란 의미이다. 이민자들을 받아들이는 입 구실을 한 이 항구는 강의 '하구(河口)'라는 뜻도 가지고 있다.

'라 보카'항은 19세기 당시 유럽에서 부푼 꿈을 안고 찾아온 이민자들을 처음 배에서 내려 첫발을 디디게 한 땅이기도 하다. 오래된 역사 위에 오늘의 이야기들이 쌓여 한 도시의 풍경을 만들어낸다. 탱고의 정취를 느끼려는 관광객으로 붐비고 부에노스아이레스 공항으로 떠나는 내 마음도 붐빈다.

파라과이에서 받은 축복으로 아르헨티나에서 영혼이 맑은 사람들의 역사에 나의 역사도 만들어 간다. 이 또한 축복이다.

(『한국수필』 2018. 12)

안녕, 페루

독자와 함께 떠나는 수필문학 기행

리마 공항이다. 공기도 햇빛도 푸른 하늘도 흰 구름도 고운 가을 날이다. 두 청년이 길을 가다 손을 흔든다. 차 안에서 손을 흔들어 답하니, 양손을 입에 대었다가 떼어 키스를 날리며 두 팔 벌리고 웃는다. 환영 인사를 받는 양, 기분이 좋다.

잉카 제국의 수도 쿠스코. 1533년 스페인에 함락당한 후 수도를 리마로 옮기면서 제국의 영광은 사라졌지만, 잉카의 아름다운 전설을 찾아 쿠스코로 여행 오는 사람들이 참 많다. 나도 그중에 하나이다.

건국 신화에 보면 태양신 인티와 달의 여신 마마 키이야가 아들 망코 카팍과 딸 마마 오크이요를 낳았다. 태양신과 달의 신은 아들과 딸에게 금 지팡이를 주어 티티카카 호수의 한 섬에 내려보냈다. 남매는 태양신 인티의 지시에 따라 금 지팡이가 깊숙이 꽂히는 곳에 나라를 개국했는데 이곳이 세계의 배꼽 쿠스코다. 왕가의 근친 결혼은 망코 카팍과 마마 오크이요의 결혼이 그 기원이다. 잉카 제

하나의 달이 천 개의 강을 비추듯

국의 마지막 황제 아타우알파는 5천 명이 넘는 후궁을 두었다고 한다. 광장 가운데 있는 황금 동상은 잉카 제국의 황금기를 이끌고 1438년부터 20년 재위한 잉카 9대 왕 파차쿠텍이다.

쿠스코의 황금 사원 꼬리깐차 산토도밍고 성당. 1538년 스페인 사람이 지었지만, 잉카 제국 태양의 신전이었던 곳이다. 잉카 사람들은 태양을 최고의 신이라 믿었기에 이곳 사원을 인티깐차라 불렀다. 그 후 사원의 벽을 황금으로 뒤덮으면서 황금이 있는 곳, 꼬리깐차로 이름을 바꾸었다.

잉카를 지배한 피사로는 이 신전 벽의 황금을 모두 벗겨 녹여서 스페인으로 보낸 뒤 태양의 신전을 허물고 그 위에 성당을 지었다. 성전에는 스페인 사람이 그린 성화가 많다. 성당을 나와 내려오는 길옆 하얀 꽃밭이 아주 평화로워 보인다. 스페인에 점령당한 잉카 제국의 과거와는 다르게.

삭사이와만은 '독수리여 날개를 펄럭여라'라는 뜻으로 쿠스코 동쪽을 지키는 견고한 요새다. 아득히 펼쳐진 초원 석벽에서 잉카인이 나올 것 같다. 쿠스코가 퓨마 모양인데 이곳이 머리 부분에 해당하기 때문에 쿠스코 관리사무소 역할을 했을 거란다. 잉카의 최후를 맞이한 아픔이 있는 곳, 석벽마저 어둡다. 저녁노을이 일기 시작하고 긴 그림자를 그리는 요새의 모습은 으스스하다. 황금의 잉카 제국의 영화는 어디 갔는지, 태양의 문과 커다란 돌들만이 역사를 지키고 있다.

탐보마차이를 향해 달리는 버스 뒤로는 길가에 펼쳐놓은 페루 특유의 빛깔의 상품들 끝으로 노을이 피어난다. 물의 신전 만나러 가는 길은 입구부터는 걸어야 한다. 일정한 물이 흐르도록 설계한 잉카 시대의 마르지 않는 수로. 얼마나 정교하게 물길을 만들었는지, 궁금함을 앞세워 해발 3,700m 비탈길을 오르는데 고산병으로 붕붕 뜨는 느낌에 정신도 흔들린다. 검은 말들이 풀 뜯는 초원을 지나 도착한 탐보마차이.

3단으로 된 제단과 흘러내리고 있는 물줄기가 잉카 사람들의 역사이고 멈추지 않는 희망 같다. 단 위쪽 4개 문은 잉카 제국 4개 지방의 수장이 모여서 목욕 재개하고 황제를 알현하는 의식을 행한 곳이라고 추측한다. 영혼이 맑아지는 느낌이다.

물의 신전을 내려와 식사를 마치고 나왔다. 마당 끝에서 무리 지어 불빛을 받는 건 대나무일까. 종이를 만들어서 성경을 적은 나무란다. 견고하기 그지없다.

쿠스코의 밤. 차를 타고 우르밤바로 가는데 안데스의 별들이 총총한 하늘은 금빛으로 가득하다. 잉카 제국에 들어선 양, 호텔 벽도 의자도 전등도 황금빛이다. 마음도 황금빛으로 물들다.

우르밤바의 새벽. 마추픽추를 향해 나선다. 마추픽추 입구 매표소에는 각국의 관광객으로 붐빈다. 페루의 10개소 유네스코 세계유산 중 최초로 쿠스코와 동시에 지정되고, 새로운 세계 7대 불가사의 중 하나로 선정된 마추픽추. 내 생애 가장 보고 싶었고 마음에 품고 있었던 마추픽추와 마주할 생각에 설레고 긴장된다.

확 펼쳐진 마추픽추. 장엄하다. 칠레, 멕시코 총영사직을 사임하고 칠레로 돌아가기 전 말 타고 올라와 마추픽추 산정에서 「마추픽추 산정」을 쓴 파블로 네루다가 머물렀을 산정에서 내려다보이는 마추픽추. 그 뒤로 우뚝 선 와이나픽추. 감자와 옥수수, 초록빛 황금인 코카 잎을 재배했던 계단식 밭. 곡식 창고.

지붕 없는 돌의 나라 성전 안으로 들어가는 주 출입문을 지나 미로 같은 동선을 따라간다. 물 흐르는 관, 날개와 부리 있는 콘도르 신전, 천문의 별자리 보던 신전, 종이 한 장 들어갈 틈 없이 쌓은 석벽의 신비로운 공중 도시.

"제가 찍어드릴까요?"

대한민국 청년이다. 본 적 없지만 얼마나 반가운지 그의 손에 카메라를 맡긴다. 계단식 밭이 40단이 있어서 3천 개의 계단으로 연결된 곳을 배경으로 두고 선다. 청년은 돌로 지은 건물 총 개수가 약 2백 호 정도 되는 것까지 배경으로 셔터를 누른다.

찰칵찰칵.

도시의 총면적 56㎢, 그 절반에 해당하는 비탈면 계단식 밭과 서쪽의 시가지, 신전과 궁전, 주민 주거지 구역 주위를 쌓은 성벽까지 다 담는다. 해시계 태양의 불이 있는 마추픽추와 달의 신전이 중턱에 있는 와이나픽추가 마주한 것처럼 청년과 나는 마주 보고 웃는다. 밝혀지지 않은 수수께끼가 많은 마추픽추처럼 우리는 대한민국 사람이라는 것만 알고 작별한다.

와이나픽추로 가는 길목. 신선 바위가 있는 쉼터다. 잉카 사람들은 어디로 갔을까.

멸망 당시 11대 황제 우아스카르의 배다른 동생 아타우알파가 황제 자리를 놓고 전쟁을 일으켜 정치적으로 혼란스러웠다. 찬란한 문명과 막강한 군사력을 자랑하던 잉카 제국은 200명도 안 되는 스페인 군대에 무너졌다. 처형 직전 아타우알파 황제는 언젠가는 반드시 돌아와 복수하겠다고 맹세했다. 지금도 페루 산악 지방에는 머리가 땅 밑에서 솟아나는 잉카리(메시아)가 돌아올 날이 임박했고, 잉카리의 부활과 함께 잉카 제국의 영화가 부활한다는 신화가 전해지고 있다.

잉카 사람들은 어떤 미래를 꿈꾸었을까. 발소리, 숨소리, 이야기 소리 듣고 싶은데 고요와 침묵으로 보여줄 뿐이다. 위대한 잉카인의 견고한 마음으로 찬란히 빛나는 업적, 눈이 부시도록 슬프고도 아름다운 오래된 봉우리, 젊은 봉우리를 기억하리.

기차를 타고 오얀따이 땀보역에 도착하여 버스를 탄다. 우르밤바의 호텔에서 식사하는 동안 홀 저쪽 벽난로 불꽃이 부른다. 장작 타는 냄새가 좋다. 왔으니 떠나야 하는 아쉬움이 뜨겁다. 둘러앉아 나누는 이야기는 성스러운 계곡의 꽃으로 핀다. 숙소로 이어지는 하얗게 핀 마가렛 꽃길 사이로 도랑물이 흐르고 하늘엔 별들이 흐른다. 잉카 사람들의 영혼이 담긴 눈빛 같다. 무슨 말이라도 하려는가. 사

하나의 달이 천 개의 강을 비추듯

뭇 반짝거린다. 눈이 깊은 시인일지도 모르겠다.

세사르 바예호. 그는 1892년 페루 산티아고 데 추코에서 인디오와 메스티소의 혼혈로 태어났다. 건강 악화로 마흔여섯 살에 세상을 떠났기 때문에 그의 시는 많지 않다. 하지만 그가 세계문학사에 남긴 궤적은 뚜렷해서 호르헤 루이스 보르헤스, 파블로 네루다, 옥타비오 파스와 함께 20세기 중남미를 위시한 세계문단 전역에 상당한 영향을 미친 것으로 평가한다.

그의 시집에서 빈번하게 등장하는 단어 중 하나는 '신'이다. 유고 시집이며 스페인 내전을 그려낸 『스페인이여! 나에게서 이 잔을 거두어다오』에서는 더욱 자주 등장한다. 그러나 시인의 하느님은 인간의 현실에서는 존재하지 않고 인간이 겪는 고통도 이해하지 못한다. 신은 멀리 떨어져서 인간이 사는 모습을 그저 바라만 볼 뿐, 고통받지 않게 하려는 노력조차 하지 않는다. 그로 인해 시인은 인간이 신에게서 버림받은 존재라고 생각했다.

"인간은 슬퍼하고 기침하는 존재. 그러나 뜨거운 가슴에 들뜨는 존재."

저쪽이라는 뜻의 페루. 이곳에 온 나와 이 순간 저 별을 보고 있으면 좋을 마리오 바르가스 요사. 그는 2010년 노벨문학상을 받았다. 1936년 페루의 아레키파에서 태어난 그는 두 살 때 외교관인 할아버지를 따라 볼리비아로 갔다. 아홉 살 때 귀국하여 열여섯 살에

데뷔한 후, 1963년 레온시도 프라도 군사학교 시절의 경험을 바탕으로『도시와 개들』을 발표하며 주목받는 작가가 되었다.

정치 참여에도 적극적이었던 그는 볼리비아와 칠레, 페루 사이의 영토 분쟁을 해결하고 반부패 투쟁에 속도를 내겠다는 공약을 내세우고 중도우파 후보로 1990년 페루 대통령 선거에 출마했다. 하지만 알베르토 후지모리에게 패해 낙선했다. 그 충격으로 1993년 스페인 국적을 취득하여 이슈가 되기도 했다. 라틴아메리카 문학을 대표하는 작가이자 지식인으로서 왕성한 활동을 펼치고 있다. 그는『젊은 소설가에게 보내는 편지』에서 말했다.

"다른 사람에게 창작에 대해 가르침을 줄 수 있는 사람은 아무도 없다. 본인 스스로 끊임없이 부딪치고 넘어지고 일어서면서 깨우쳐 가야 한다."

우르밤바의 새벽이 열리고 꽃들이 만발이다. 버스는 쿠스코 공항으로 가고, 마음은 꽃잎의 이슬이다. 열한 시 비행기가 오지 않는다. 오후 한 시 비행기에 빈자리가 있단다. 가나다순으로 타게 된 문인들은 탑승 장소로 떠나고, 남은 여섯 명은 언제 어느 비행기에 탈지 모른다. 얼마 후 상황이 바뀌었다. 가나다순에서 밀려났던 여섯 명은 열두 시 비행기에 빈자리가 생겨서 먼저 출발한단다. 나보다 먼저 출발하려던 문인들이 앉아 있는 곳을 통과하면서 손을 흔드니 답으로 들려오는 정겨운 목소리.

하나의 달이 천 개의 강을 비추듯

"그래서 인생은 다 살아 봐야 안다고."

"맞아, 끝에 가 봐야 알아."

리마 공항에 도착한 지 얼마 되지 않아 남았던 문인들이 도착한다. 리마의 구시가지 아르마스 광장. 스페인의 정복자들이 페루를 지배하려고 새로운 식민도시를 건설하기 위해 만든 리마의 유럽식 광장이다. '아르마스'는 스페인어로 '무기'라는 뜻인데, 그런 이름이 붙은 이유는 이곳이 군대 열병식과 같은 행사가 있었기 때문이라고 한다. 중세시대 때 광장에서 공개 처형 같은 일이 많았다고 한다. 아프고 무서운 역사가 있지만, 지금은 가족들이 나와서 사진도 찍고 즐기는 모습이 보기 좋다.

페루에서 가장 오래된 리마 대성당과 대통령 궁이 있는 광장. 마차와 자동차가 붐비는 광장에서 잉카 제국의 역사 유적과 현대 도시가 조화를 이루며, 그렇게 바뀌어 가는 게 역사가 아닌가, 생각하며 리마 공항으로 간다. 대한민국 서울로 가기 위하여.

(『한국수필』 2018. 01)

과테말라 라 레포르마 티피카 게이샤

추석 다음 날 오후.

햇살이 왔다 가고, 소나기가 다녀가고, 고요함이 왔다. 내 앞에 커피 한 잔이 왔다.

두 손으로 감싼 커피잔의 따스함이 온몸으로 퍼진다. 숲속 아담한 카페 창밖 숲의 소리와 향기가 맑고 은은하다. 우주가 내 한 몸 감싸 안으니, 기꺼이 그 품에 안겼다. 어제도 그제도 *그끄저께도* 마시던 커피. 입술에 살짝 대는 순간, 애썼다고, 위로하는 듯하다. 분위기는 어느 것 하나 바뀌지 않았는데 대접받는 느낌, 알 수 없지만 좋다. 창밖 울창한 숲. 푸른 하늘. 맑은 구름 하나 내게 묻는다.

"타실래요?"

구름 타고 태평양 건너니 멕시코 유카탄주. 동아일보 문화부에서 계획한 기행이 취소되어서 아쉬웠던 마야. 햇살이 앞장서고 바람이 뒤에서 밀어주며 함께한다.

하나의 달이 천 개의 강을 비추듯

쿠쿨칸 사원(엘 카스티요). 2002년 새로운 세계 7대 불가사의에 뽑힌 건축물이다. 마야에서 가장 많이 알려진 건축물 중 하나이다. 기하학적으로 완벽한 모양이다. 한 면에 있는 계단 수가 아흔한 개, 네 면을 합치면 364, 맨 위에 제단 하나를 더하면 365, 1년이다. 거대한 달력이다. 1년에 두 번 밤낮의 길이가 같은 춘분과 추분이면 사원의 비밀이 드러난다.

오후 서너 시. 태양이 정동에서 정서로 질 때, 북쪽 계단에서 그림자가 생긴다. 거대한 뱀이 꿈틀거리며 살아난다. 깃털 달린 뱀, 쿠쿨칸의 재림. 쿠쿨칸은 피라미드를 따라 쭉 뻗은 길을 달려간다. 그가 도착한 곳은 신성한 우물 세노테이다. 여기서 그는 생명의 근원인 비를 내려준다. 이것이 9세기 초 마야인들이 만든 작품이다. 나는 이 오래되고 장엄한 쇼의 비밀을 들으러 고대 마야로 간다.

과테말라 마야 원주민 자치 도시 모모스떼낭고. 마야 원주민 끼체족이 사는 마을이다. 스페인 군대가 들어오고 500년이 지났지만, 여전히 선조들처럼 옷을 입고, 마야어를 쓴다. 말과 옷, 그래서 마야이다. 중앙아메리카에서는 지금도 700만 명 정도가 마야어를 사용한다. 마야인을 정말 마야인으로 만들어주는 것, 말과 옷 말고 또 있다. 촐낀이라는 마야의 달력이다. 7세기 중반 마야에서 가장 규모가 컸던 도시국가 띠깔로 간다. 그곳에는 달력의 시작과 닿아 있는 곳이 있다.

잃어버린 세계 광장에 큰 피라미드 하나가 있다. 로스트 월드 피라미드이다. 높이가 31m인데 건축 당시에는 띠깔에서 가장 컸던 건축물이다. 서쪽 계단의 마스크는 태양신. 이 피라미드 동쪽에는 세 개의 건축물이 있다. 맨 왼쪽 건축물 위로 해가 떠오르면 하지이다. 춘분과 추분은 가운데, 동지에는 오른쪽 건축물 위로 해가 떠오른다. 이것을 바라보는 로스트 월드 피라미드는 태양 쇼를 위한 무대였다.

옛날에는 하늘을 관찰하는 것이 삶의 중요한 부분이었다. 고대 마야 사람들은 몇 시간, 며칠, 몇 달, 몇 년 동안 하늘을 관찰해 천문학을 알게 됐다. 그들이 측정한 해, 달, 금성의 주기는 현대의 천문학과 거의 차이가 나지 않는다. 관측을 위한 도구는 막대기 하나였다. 오직 맨눈으로 하늘을 봤다. 하루도 빼먹지 않았다.

같은 자리에서 같은 달이 언제 뜨는지를 기록했다. 어떤 사람은 31.2일 어떤 사람은 28.8일 조금씩 달랐다. 서로 다른 관찰 값의 평균을 냈다. 수백 년 동안 반복해서 오차를 줄여나갔다. 마야가 측정한 달의 주기는 현대 과학과 34초밖에 차이가 나지 않는다.

과테말라 치치까스떼난고에 있는 산토 토마스 교회. 1690년 이 교회에서 마야의 책 한 권이 발견됐다. 스페인 사제가 그 책을 스페인어로 번역했다. 원본은 소실됐고 번역본은 시카고에, 여기 있는 건 복사본이다. 뽀뽈 부. 마야의 신화이다. 16세기에 쓴 마야의 창조 신화, 9,000줄 규모의 대서사시. 신화는 하늘 관찰의 첫 번째 결과물이다.

천문학적 지식은 세대에서 세대로 전해졌다. 천 년 동안 모은 지식이 전수되는 동안 특정 집단이 관리했고, 그들은 그 지식을 사용할 권리가 있었다. 다른 사람들보다 힘이 더 있었다. 사제는 하늘의 규칙에 그의 상상력을 더해 하늘의 모양, 우주관을 만들었다. 처음엔 신화로 전해졌고 나중엔 빽빽한 상형문자로 기록됐다.

마야를 세상에 처음 소개한 사람은 19세기 미국의 외교관이자 여행가 존 로이드 스티븐스이다. 동행한 화가가 당시 마야를 그림으로 남겼다. 그가 마야에서 처음 본 곳은 온두라스 고전기 마야 주요 도시 꼬빤이다. 상형문자 계단. 꼬빤 왕들의 업적을 기록한 63개 계단이 2,500여 개 상형문자로 덮여있다. 계단이 아니라 책이다. 북쪽 광장에는 여러 개 비석이 있지만, 주인은 한 사람이다. 꼬빤의 열세 번째 왕이며 꼬빤 최전성기의 18토끼왕으로 기념비를 여럿 남겼다.

귀족 거주 단지에는 사제 신분을 짐작할 수 있는 유물 한 점이 있다. 스카이밴드 벤치인데 태양이 가장 높이 뜨는 날의 일몰 지점을 향하고 있다. 길이 5.6m 의자이다. 의자 앞면의 조각은 달과 태양, 금성이니 하늘이다. 의자 아래는 그 하늘을 운반하는 빠우아흐뚠이다. 이 의자의 주인인 사제는 왕에게 권력을 주었다면, 사람들에겐 세상을 살아갈 지침을 만들어주었다. 바로 촐낀, 달력이다.

십자의 신전. 비문에는 마야의 시간이 언제 시작됐고 빨렌께 왕조는 어떻게 생겨났는가를 적어놓았다. 왼쪽 사람은 빠깔 왕이다.

가운데엔 십자 모양의 세상을 상징하는 나무가 있다. 오른쪽은 빠깔의 아들인 깐 발란이다. 중요한 건 비문 왼편의 글이다.

기원전 3121년 12월 7일, 첫 번째 어머니 나 삭이 태어났다. 기원전 3114년 8월 13일, 새로운 세상이 시작됐다. 기원전 2305년 8월 13일, 815세 때, 나 삭은 스스로 왕이 됐다.

수천 년의 시간을 정확히 계산해 왕조의 시작을 마야 시간의 시작과 맞춰 놓았다. 마야 장주기력은 왕조의 신격화와 이를 통한 왕권 강화를 목적으로 만든 달력이다. 마야는 나라 이름이 아니다. 마야어를 쓰고 마야 옷을 입는 사람들이 사는 곳을 통틀어 마야라고 부른다. 유적지의 건축물이 잃어버린 마야의 도시를 상징한다면, 쫄낀은 아직도 살아있는 사람인 것이다. 보이지 않는 그 존재가 마야를 영원히 살게 한다.

EBS 다큐프라임 불멸의 마야. 해설 끝나고 창밖 구름 기행도 끝났다. 과테말라 라 레포르마 티피카 게이샤 한 잔에서 마야문명을 읽는다.

추석 다음 날 오후.

달력을 본다.

추분이 오고 있다.

(『월간문학』 2022. 10)

하나의 달이 천 개의 강을 비추듯

제6장

소크라테스가 반대한 종이책

...

시간 속 여행

집을 나선다. 그리스 아테네. 플라톤의 아카데메이아에 입학한 아리스토텔레스를 만났다. 인간의 사고를 지배하는 그리스 최고의 철학자. '시는 역사보다 더 철학적이다.'라며 비극의 효용은 울적한 기분을 발산시켜 정신을 정화하는 것이라 한다. 이에 관한 『시학』은 예술의 지도서가 된다.

'모방한다는 것은 어렸을 적부터 인간 본성에 내재한 것으로서 인간이 다른 동물과 다른 점도 인간이 가장 모방을 잘하며, 모방을 통해 지식을 습득한다는 점에 있다. 또한 모든 인간은 날 때부터 모방된 것에 대하여 쾌감을 느낀다. 이러한 사실은 경험이 증명하고 있다.'

서울대학교 앞 계곡물. 바다로 가는가. 일리리아의 한 도시 부근 해안에서 『십이야(十二夜)』를 만났다. 윌리엄 셰익스피어의 희극 중

하나의 달이 천 개의 강을 비추듯

에 최대 작품이다.

1592년 6월부터 1594년 5월까지 영국에 전염병이 번졌다. 런던 시내 극장이 전부 폐쇄됐다. 그럼에도 셰익스피어는 시의 전통과 기교를 배워 작품 속에 서정성을 담았다.

다시 극장 문을 열자 내놓은 이 작품. 쌍둥이 누이동생을 남장시켜 착각하게 하여 웃게 하는, 매우 경쾌한 템포에 한껏 낭만적인 분위기다.

오랫동안 전염병에 시달렸던 런던시민에게 하루 저녁 위로하고 어두운 현실사회에서 서정 가득 찬 낭만과 꿈의 나라로 즐겁게 인도했을 거다. 광대 노래가 그렇다.

옛날은 천지가 개벽하는 날
헤이 호오 바람이 분다 비가 내린다
이제는 상관없어 연극은 끝났네
우리는 웃음을 선사했네.

노래하며 춤을 추며 퇴장한다.

집에 다다를 즈음 서쪽 하늘 초승달. 파리 몽마르트르에서 무명화가들과 어울리던 윌리엄 서머싯 몸의 『달과 6펜스』에서 만났다. 남태평양 중부에 있는 타히티. 원시적이고 순수한 아름다움을 간직한 곳. 끝없이 펼쳐진 수평선과 쉴 새 없이 부서지는 에메랄드빛 파도. 언어로는 표현할 수 없을 만큼 아름다운 이 섬을 "전원에 널려 있는 눈부신 모든 것이 나를 눈멀게 했다."라고 폴 고갱이 말했다.

이 작품이 고갱의 삶을 그대로 옮긴 작품은 아니다. 서머싯 몸은 고갱의 삶에서 얻은 창조적 영감을 통해 현실에서는 실현하기 어려운 꿈을 소설로 펼쳐나간 것이다. 고갱의 삶이 지닌 극적이고 낭만적인 요소를 최대한 부각하여 신비롭고 강렬한 이야기를 창조해 내었다.

(서울문학인대회 기념집 『나에게 문학은 무엇인가』 2021)

하나의 달이 천 개의 강을 비추듯

수채화

오후 네 시. 마스크 쓰고 가방을 멘다. 현관문을 열자 햇살이 눈썹 위에 앉고, 바람이 이마를 쓰다듬는다. 상쾌하다. 계단에 핀 달개비 꽃 배웅을 받으며 집을 나선다.

일방통행로를 지나 큰길이다. 영화에서나 볼 수 있었던 마스크 쓴 사람들의 행렬, 반짝이는 눈빛. 수상하게 보이는 사람은 이제 마스크를 쓰지 않은 사람들이다. 신호등이 바뀌니, 마스크 군단은 일제히 발을 내디딘다. 스쳐 지나가는 인연들이다.

재래시장. 지붕이 햇볕을 가려주는 통로, 양쪽에 펼쳐진 상품은 코로나19가 오기 전과 다르지 않다. 물건을 팔고 사는 사람들은 마스크를 쓴 채, 눈빛으로 주고받는다. 채소가게와 과일가게, 정육점이 즐비한 시장을 나오니, 건널목이 있다.

어쩌면 말 많은 세상을 잠시 침묵하게 하려는가 보다. 또 그렇게 스쳐 지나가는 인연, 언제 어디에서 만났던 거였을까. 참 많이도 스쳐 지나가는 인연들이다. 아파트 단지 철책에 핀 장미, 예전에도 싱그럽고 예뻤는지 묻는다. 장미의 대답이겠다.

'그럼요, 세상이 아프지 않았을 때도 우리 장미 넝쿨은 항상 있었지요.'

성당 앞에서 흰 장미와 붉은 장미가 목을 길게 하고 하늘을 본다. 하늘도 성당도 고요하다. 처음 있는 '미사 중단 담화문' 발표 후, 성전 안으로 들어갈 수 없다. 사방이 탁 트인 쉼터 의자에 앉으니, 바람이 들어와 곁에서 묵상한다. 나는 이어폰으로 '고전을 읽다, 라디오 북 카페'를 계속 듣는다.

'중국을 넘어 동양 역사서에 근간이 되는 작품으로 거대한 역사인 동시에 인간의 삶에 대한 깊은 고찰을 담은 불후의 명저. 진시황이 천하를 통일하는 과정과 또 그 거대한 왕조가 어떻게 무너지는지, 그리고 백성이었던 유방과 항우가 과연 어떻게 백성들의 마음을 얻어 나라를 세우는지, 천하를 사로잡는 것은 결국 사람들의 마음을 사로잡는 것, 이 만고불변의 진리를 담은 드라마 『사기(史記)』.'

성우들의 음성 사이로 『토지』를 쓴 박경리 모습이 어른거린다. 궁형의 고통을 이겨내고 『사기』를 쓴 '사마천'이라는 이름과 '사기' 글자만 보고 듣기만 하여도, 박경리 「옛날의 그 집」 가운데가 내 안에서 서성인다.

달빛이 스며드는 차가운 밤에는
이 세상 끝의 끝으로 온 것 같이
무섭기도 했지만
책상 하나 원고지, 펜 하나가
나를 지탱해주었고
사마천을 생각하며 살았다.

저벅저벅. 검은 장화 내딛는 발소리. 우산 속에서 이어폰으로 유튜브 방송을 듣는다. 『그리스인 조르바』. 책에서도 비가 내리고, 영화에서도 비가 내린다. 물론 라디오 북 카페에서도 비가 내린다.

항구 도시 피레에프스에서 크레타섬으로 가는 배를 기다리고 있을 때, 유리문을 닫았는데도 파도의 물거품을 조그만 카페 안으로 날리는 소리까지 생생하게 들린다. 살아서는 갈 수 없을 것 같은 크레타섬 풍경을 설레는 마음으로 보았던 영화에서, 인간의 자유가 무엇인지, 경험이란 소중하고 귀한 것, 경험이라는 건 살아가는 지혜. 인간은 가슴으로 살아야 한다는 것, 바로 자유의 믿음을 받아들였다.

니코스 카잔차키스 작가의 자유에 대한 갈망. 자유인 조르바는 바로 작가 자신이라는 것. 니코스 카잔차키스는 내게 각인시킨다. 이어폰으로.

"인간, 인간이란 무슨 뜻인가. 자유, 자유라는 거지."

성당 마당. 황금빛 국화 심은 분이 나란히 있다. 시월의 햇살 쏟아지는 국화 앞에서 수녀님이 가을을 받고 계신다. 국화꽃으로 둘러싸인 성모상 앞에서 마음 모으고 돌아서니, 수녀님께서는 볕과 함께 마당을 산책하신다. 나는 쉼터로 가면서 인사를 드리고, 마주오는 수녀님은 쉼터를 뒤로하고 내게 답하신다.

나는 서쪽 쉼터에 앉고, 수녀님은 해바라기 꽃이 있는 동쪽 쉼터로 가셨다. 코로나19 거리두기를 하시는 거다. 수녀님은 동쪽 마당 끝에서, 내가 있는 서쪽 하늘을 휴대전화로 사진을 찍고, 감나무와 모과나무도 찍고 하늘을 올려다보신다. 푸른 하늘에 흰 조각구름 떠 있다. 그 풍경 앞에서 나도 가을이 된다.

퍼엉 펑 쏟아진다. 마음마저 하얗다. 필수가 된 마스크와 모자를 쓰고, 가방 메고 현관문을 연다. 계단에도 마당에도 대문 밖에도 수북수북 쌓인다. 눈꽃 송이. 우산도 없이 온전히 몸으로 받아야겠다.

푹푹 빠지는 눈길을 걷는다. 이어폰으로 들리는 사파리 사운드 밴드의 「킬리만자로」 리듬에 맞추어 눈 덮인 산을 오르듯 걷는다. 때로는 책에서 읽은 서쪽 산봉우리를 향해 오르고, 때로는 영화 장면과 함께 걷는다.

산 아래에서 밤에 기린, 코뿔소, 어슬렁거리는 사자의 울음소리와 무리 지어 이동하는 소리. 그 소리 속에는 많은 것이 담겨있다는 것. 굶주림, 사랑, 증오, 공포. 그 어둠 속에서 갓 태어난 동물 새끼가 숲에서 나와, 넘어지고 일어서기를 반복하며 다리로 서는, 새 생명에 대한 경이로움. 온 세상처럼 넓고, 크고, 높고, 햇빛을 받아 믿을 수 없을 정도로 하얗게 빛나는 킬리만자로의 평범한 꼭대기.

성당 마당. 반짝이는 햇살에 눈 부신 고요. 평범한 삶이란, 살아내는 것이다.

어니스트 헤밍웨이의 소설『킬리만자로의 눈』첫 장에는 삶의 무게가 있다.

> 킬리만자로는 해발 19,710피트의 눈 덮인 산으로, 아프리카에서 가장 높다고 한다. 그 서쪽 봉우리는 마사이어로 "응가예 응가이", 즉 '신의 집'이라고 부른다. 서쪽 봉우리 가까운 곳에 얼어서 말라붙은 표범 사체가 있다. 이 표범이 무엇을 찾아 그 높은 곳까지 왔는지 아무도 그 이유를 알지 못한다.

삶은 한 폭의 수채화. 자신의 삶을 개척하는 수채화를 만나고, 수채화가 된다.

(제21회 수필의 날 단행본『글쓰기, 작가에게 묻는다』2021)

실레 이야기길

기차는 용산을 떠난다. 문학의 현장을 찾아간다는 것은 축복이다.

강원도 춘천 실레(증리)는 금병산에 둘러싸인 모습이 마치 옴폭한 떡시루 같다 하여 붙은 이름이다. 김유정의 고향이며 마을 전체가 작품 무대이다. 지금도 실레마을을 배경으로 한 소설 열두 편에 등장하는 인물들의 실제로 있었던 이야기가 전해지고 있다. 이를 바탕으로 금병산 자락에 만든 '실레 이야기길'은 이야기 열여섯 마당이다.

옥수수밭과 감자밭, 배추밭과 망초꽃 길을 이야기 따라 걷는다. 들병이들 넘어오던 눈웃음길. 표지판에서 이야기 첫 번째 마당을 읽는다.

들병장수라고도 부르는 들병이는 병에 술을 담아 다니면서 판다고 해서 붙여진 이름이다. 들병이들은 인제, 홍천으로 드나드는 길목인 이

하나의 달이 천 개의 강을 비추듯

산길을 통해 마을로 들어와 잠시 머물다 떠났다. 그들이 떠난 자리엔 이야기가 쌓이기 마련이다.

— 관련 작품 : 산골 나그내, 총각과 맹꽁이, 안해, 소낙비, 솟 —

작품 발표 당시 한글이다. 그 시절로 들어선 기분, 묘하다.

「소낙비」는 1935년 스물일곱 살에 조선일보 신춘문예 1등 당선 작품이다. 이름도 나오지 않는 여주인공이 인제 산골에서 남편 따라 야반도주하여, 낯선 곳에 와서 날품을 팔거나 산나물을 캐서 남편을 부양한다. 조그만 종댕이를 허리에 달고 거한 산중에 드문드문 박혀 있는 도라지, 더덕을 찾아 때로는 바위도 기어올랐고, 정히 못 기어오를 그럴 험한 곳이면 칡덩굴에 매여 달리기도 했다. 남편은 노름돈 2원을 구해 달라고 아내를 닦달, 폭행하자 아내가 동네 바람둥이 이주사에게 몸을 팔게 된다는 이야기가 이 작품의 내용이다.

산딸기의 유혹, 다양한 나무가 숨 쉬는 소리, 햇살이 그늘 살피는 굽잇길. 덕돌이가 장가가던 신바람길에서 이야기 다섯 번째 마당을 읽는다.

열아홉 살 산골 나그내가 병든 남편을 물레방앗간에 숨겨놓고 노총각 덕돌이와 위장 결혼한다. 덕돌이가 친구들의 부러움 속에 장가간다고 자랑을 하며 지나던 길이다. 결국 산골 나그내가 도망가버린 애환이 가득한 길이다.

— 관련 작품 : 산골 나그내 —

작품 이름이 현재 표준어이다. 같은 산길인데 멀어진 느낌이다.

「산골 나그네」는 실화를 소설화한 작품이다. 어느 날 홀연히 찾아든 나그네가 홀어머니의 노총각 아들과 혼례식을 올린 며칠 뒤, 새신랑의 새 의복 일습을 훔쳐서 병든 걸인 남편에게로 돌아간다는 것이 이 작품의 이야기이다. 당시의 고단한 삶을 수용하는 순박한 사람들로부터 사기꾼에 이르기까지 다양한 삶의 모습과 다양한 삶의 현장이 그대로 재현된다.

복만이가 계약서 쓰고 아내 팔아먹은 고갯길, 도련님이 이쁜이와 만나던 수작골길, 응칠이가 송이 따 먹던 송림길 비탈길을 내려간다. 응오가 자기 논의 벼 훔치던 수아리길이다. 내가 처음 왔던 2010년 가을에는 벼가 누렇게 익고 있었다. 뜨거운 여름에 만난 이야기 열한 번째 마당 표지판에서 역사를 읽는다.

일제 강점기에 농촌 사람들이 얼마나 가혹한 삶을 살았는가를 수아리골 저 다락논이 증언하고 있다.

– 관련 작품 : 만무방

※만무방 : 체면도 없이 막된 사람을 이르는 말 –

「만무방」은 열심히 농사를 지어도 남는 것이 빚이고, 54원 빚 감당을 할 수 없어 세 식구가 자기 집 개구멍으로 탈출하지만, 오래지 않아 아내는 아이를 살리기 위해 후살이 들어가기로 하고 가족

은 해체된다. 주인공 응칠은 전과 4범이 되고, 근실한 남동생 응오
는 자기 논의 벼를 자기가 훔치게 된다는 이야기다.

근식이가 자기 집 솥 훔치던 한숨길을 지나 마을에 들어섰다. 금
병의숙 느티나무길, 김유정 기념비가 있는 열세 번째 이야기 마당
표지판에서 그의 마음을 읽는다.

김유정은 고향 실레마을을 무척 사랑했다. 아이들은 물론 부녀자와
남정네 모두에게 자신들의 가치를 일깨워주고 싶어 했다. 금병의숙을
지어 야학 등 농촌계몽 운동을 벌일 때 심었다는 느티나무가 찾아오는
사람들에게 그때의 이야기를 들려주고 있다.

김유정은 "춘천 우리 고향에서는 우리 집안이 망하는 것을 좋아
한다."라고 고백한 적이 있다. 그것은 유정의 할아버지 시대에 있
었던 가렴주구가 원인이다. 가렴주구는 여러 명목의 세금을 가혹하
게 억지로 거두어들여 백성의 재물을 무리하게 빼앗는 일이다. 과
거 조상의 잘못을 대신 받고자 했는데, 그 하나로 실레마을에서 벌
였던 야학 운동과 농촌 생활 개선 운동이었다. 김유정이 조상의 잘
못을 대속받고자 한 일이 실레마을을 살리고 있다는 생각이 든다.

김유정은 1908년 2남 6녀 중 일곱째로 태어났다. 어려서 횟배를
앓았고, 말을 더듬었다. 일곱 살 때 어머니를, 아홉 살 때 아버지를
여의었다. 1937년 스물아홉 살까지 산 그는 수필 열여덟 편, 소설
서른한 편을 남겼다.

수필과 소설에는 우리 민요와 아리랑이 등장한다. 수필 「조선의 집시」에는 지주와 빚쟁이에게 수확물을 털리고 들병이로 나설 수밖에 없는 농민 부부의 애환을 소개하면서 들병이가 갖추어야 할 기본 소양으로 아리랑, 방아타령, 배따라기, 신고산 타령, 희망가까지 목록에 올려놓고 있다. 농촌 배경 소설 「만무방」에서는 아리랑 사설이 삽입되었다. 짧은 생애였지만 우리 소리, 민요와 시조에 관심이 깊었음을 알 수 있다.

장인 입에서 할아버지 소리 나오던 데릴사위길 논둑을 지나니, 뒷짐 진 한 노인이 점순이와 봉필 영감, 데릴사위 최 씨 이야기를 들려준다. 모두 실제로 있었던 이야기이고 그 현장이라면서 김유정이 코다리 찌개 먹던 주막집(길)까지 동행한다. 그리고 저쪽을 가리킨 노인의 손끝에는 맹꽁이 우는 덕만이길, 열여섯 번째 마당이다.

'저는 강원두춘천군신남면증리아랫말에 사는 김동만입니다. 저는 서른넷인데두 총각입니다.'
덕만이가 들병이한테 자기 소개하는 장면이다.
－ 관련 작품 : 총각과 맹꽁이 －

김유정이 산책하며 작품을 구상하던 등산로. 이곳은 1930년대 당시 우리 농민들의 곤궁한 삶을 향토적 해학으로 소설화한 명작의 무대 현장이다.

(『한국수필』 2023. 08)

하나의 달이 천 개의 강을 비추듯

소크라테스가 반대한 종이책

　속도의 시대 종이책은 외면받고 있다. 2011년 아마존 전자책 단말기가 출시됐을 때 프랑스 사람들은 서점과 종이책의 위기를 걱정하였다.

　프랑스의 한 연구, 종이책의 죽음은 생각보다 빠르게 찾아왔다. 독일의 한 연구, 젊은이들이 점점 종이책을 읽지 않는다. 일본의 한 연구, 한 달에 종이책 한 권도 읽지 않는다. 하여 서점과 종이책은 삼 년 내 멸종할 것이다, 라고 하였다.

　그러나 『사라진 책의 역사』의 저자, 뤼시앵 폴라스트롱은 종이책이 아니고서는 깊이 있는 사고를 할 수 없다고 주장했다. 그는 인터넷으로는 제대로 된 독서를 할 수 없고, 인터넷에서는 '책'이라는 것이 존재할 수 없다고 했다. 인터넷에 글을 쓰고 디지털 책인 ebook을 낼 수도 있지만, 생각이 깊지 않고 어휘력도 부족하다고 하였다.

　『개미』의 저자 베르나르 베르베르 작가도 인터뷰에서 말했다.

프랑스의 경우 본인 책이 디지털로 팔리는 비율은 5%밖에 되지 않는단다. 즉 95%는 종이책으로 판매되는 거란다. 그리고 디지털 책에는 없는 가치가 종이책에는 있다고 생각한단다.

이에 다른 의견을 내는 사람은 존 톰슨 영국 케임브리지대 사회학과 교수이다. 우리 모두 오늘날 더 많은 읽기 자료들을 접하고 있어서 독서는 사실상 증가하고 있단다. 물론 출판된 책을 기반으로 증가하는 것은 아니지만, 매우 많은 형식과 맥락을 통해 증가하는데 이 중 대부분은 전자기기를 통한 것이라고 한다. 그리고 사람들은 온라인을 통해 이야기를 다 읽는단다. 온라인 공간에서 읽고 쓰는 사람들의 숨은 대륙이 있다는 것이다. 우리는 '독자의 감소'라는 성급한 결론을 내리는 것을 경계할 필요가 있다고 한다.

> 좋은 책을 읽는 것은
> 과거 몇 세기의 훌륭한 사람들과 이야기를 나누는 것과 같다.
>   – 데카르트, 프랑스 철학자 –

책은 생각하는 힘을 기를 수 있다. 자신에게 질문을 던져 폭넓은 사고를 하도록 요구하기도 한다. 우리는 이것을 비판적 사고(프랑스어 : esprit critique)라고 한다.

어떻게 비판적 사고를 하는지 판단할 수 있을까.

의무를 인정하는 것은 자유를 포기하는 것인가. 사람들은 선입견을 버리지 못하는가. 우리는 국가를 위해 무엇을 해야만 하는가. 예술 작품은 모두 인간에 관한 이야기인가. 이것은 2019년 바칼로레아 철학 시험에 낸 문제이다.

책을 많이 읽을수록 지식이 쌓이고, 자신의 의견을 조리 있게 피력하는 것을 알게 된다. 하지만 대부분 학생이 책을 멀리한다. 독서 말고 즐길 거리가 많으니까 그렇다고 생각한다.

인류의 책의 역사는 계속 바뀌어왔다. 인류의 세계 역사가 계속 변해왔다. 시대가 변하면서 인류가 이야기와 정보를 받아들이는 양식도 변해왔다. 책의 형태는 달라질 것이다. 과연 책으로만 계속 접할 것인가, 어떤 형태로든 받아들여야 할 것인가.

세계는 하나의 도서관 혹은 한 권의 거대한 책이 될 것이다.
– 호르헤 루이스 보르헤스, 아르헨티나 작가 –

보르헤스가 한 말은 인터넷에 대한 최고의 은유가 된 것 같다.

2023년 9월 25일 한국문학예술저작권협회에서 최춘 첫 수필집 종이책을 전자책으로 출간했다. '한국문학예술저작권협회 2022 문학예술 전자출판 지원사업 선정작'이다. 네이버 알라딘, yes24, 다음 교보문고 ebook 『참 잘했다』. 미국 로스앤젤레스에 있는 친구도, 대한민국 반대편 아르헨티나에 있는 문학 친구도 금세 이 작품을 만날 수 있다. 언제 어디서든 전자기기만 있으면 편리하게 작품을 볼 수 있다. 시력이 좋지 않은 사람은 전자책 듣기로 하면 읽어주는 목소리에 따라 청각의 품격도 느낄 것이다.

독자의 독서 방법은 독자 수만큼 다양하다. 종이책의 촉감을 느끼며 햇살이 드는 창가에서 읽는 시력 좋은 사람, 눈으로 보고 싶어도 볼 수 없어 손끝으로 점자 읽는 사람, 귀로 듣고 싶어도 들을 수 없어 눈으로만 읽는 사람, 위험하기 짝이 없는 노동 현장에서 간절한 책 읽기를 바람과 풍경으로 듣고 느끼는 최상의 독자처럼 다양하다.

이어령 평론가는 ebook을 천 개의 강물에 어리는 달빛이라 했다. 하나의 달, 그 하나가 종이책이라는 거다. 종이책 자체가 가진 능력과 효용성은 영원히 남는다며 두 명씩 짝지어 번갈아 읽고 들어주는 독서 방법도 이야기했다.

고대 그리스 소크라테스 철학자는 자신이 직접 어떠한 저술이나 일기를 남기지 않았다. 의견을 주고받으며 토론하는 구술 문화를 지지했고 새롭게 등장한 책, 문자 문화를 반대하고 경계했다. 책은 독자가 비판적 사고를 할 수 없게 만들 거라던 소크라테스의 경고와는 달리, 1377년 고려 금속활자와 활판 인쇄술의 발명 후 종이책은 인간의 사고를 끊임없이 확장시켰다.

종이책으로 역사는 여기까지 왔다. 앞으로도 계속 이어갈 것이다.

하나의 달이 되고자 두 번째 종이책을 출간한다. 내 어린 손녀의 글, 그림 종이책도 시에서 받은 지원금으로 출간했다.

하나의 달, 천 개의 강물에 어리는 달빛 영원하리.

(제23회 수필의 날 단행본 『종이책의 미래와 작가의 일』 2024년)

하나의 달이 천 개의 강을 비추듯

"세계는 하나의 도서관 혹은
한 권의 거대한 책이 될 것이다."

최춘 수필집

하나의 달이 천 개의 강을 비추듯

초판 1쇄 인쇄	2024년 01월 05일
초판 1쇄 발행	2024년 01월 20일

지은이	최춘(崔椿)

발행인	김재홍
교정/교열	김혜린
디자인	박효은
마케팅	이연실

발행처	도서출판지식공감
브랜드	문학공감
등록번호	제2015-000007호
주소	서울특별시 영등포구 경인로82길 3-4, 영등포센터플러스 1117호
전화	02-3141-2700
팩스	02-322-3089
이메일	jisikwon@naver.com

가격	17,000원
ISBN	979-11-5622-830-1 03810